AF320924

LES CHEFS-D'ŒUVRE INCONNUS

CONTES ET POÉSIES

LA CHAUSSÉE

PARIS

Librairie des Bibliophiles

M DCCC LXXX

LES CHEFS-D'ŒUVRE INCONNUS

CONTES ET POÉSIES

DE

LA CHAUSSÉE

TIRÉ A TRÈS PETIT NOMBRE

Il a été tiré, en outre, 20 exemplaires sur papier de Chine et 20 sur papier Whatman, avec *double épreuve de la gravure.*

A. Lalauze sc.   Imp. A. Salmon.

L'ORIGINE DE LA BARBE.

(Contes de La Chaussée.)

CONTES ET POÉSIES

DE

LA CHAUSSÉE

PUBLIÉS

PAR LE BIBLIOPHILE JACOB

Eau-forte par Ad. Lalauze

PARIS

LIBRAIRIE DES BIBLIOPHILES

Rue Saint-Honoré, 338

M DCCC LXXX

PREFACE

ES *poésies de Claude Nivelle de La Chaussée passeront difficilement pour une œuvre de premier ordre,* je l'avoue, mais l'ÉPITRE DE CLIO, *qui en fait partie, fut bel et bien proclamée un chef-d'œuvre de goût, d'esprit et de versification, sinon de poésie, lorsqu'elle parut en 1731 sous ce titre :* ÉPITRE DE CLIO A Mme DE B..., AU SUJET DES NOUVELLES OPINIONS RÉPANDUES DEPUIS PEU CONTRE LA POÉSIE, *in-12 de 33 pages. Le libraire-éditeur, Mme veuve Foucault, fit imprimer successivement quatre éditions de cette Épître, composée contre le système antipoétique de*

a

Houdard de *La Motte*, qui, dans un *Discours sur la poésie en général et sur l'ode en particulier*, avait voulu prouver que tout ce qui était écrit en vers serait mieux exprimé en prose. « M. de *La Faye*, quoique ami de *La Motte*, se tourna contre lui, dit *Fréron* dans l'ANNÉE LITTÉRAIRE (tome Ier de 1763, page 316), et engagea M. de *La Chaussée* dans sa querelle; ce fut là ce qui donna naissance à l'ÉPITRE DE CLIO, ouvrage plein d'une saine critique, sage, mais froid, et sans cette énergie qui anime les Épîtres en ce genre du grand *Rousseau*. »

Fréron jugeait alors cette Épître à trente-deux ans de distance : il était encore trop jeune, à l'époque où elle fut publiée, pour se rappeler l'enthousiasme avec lequel on l'avait accueillie. Ce premier ouvrage de La Chaussée eut un tel succès, que la nomination de l'auteur à l'Académie française semblait décidée. On ne l'ajourna que de quelques années, car il fut élu en 1736, et Voltaire, dont la réception se trouva retardée jusqu'en 1746, lui avait adressé cette lettre flatteuse, à la date du 7 mai 1731 :

« *Il y a huit jours, Monsieur, que je fais chercher votre demeure, pour présenter* ALZIRE *à
l'homme de France qui sait et qui cultive le
mieux cet art si difficile de faire de bons vers.
Je pense bien comme vous, Monsieur, sur cet
art, que tout le monde croit connaître et qu'on
connaît si peu. Je dirai, de tout cœur, avec
vous :*

> L'unique objet que notre art se propose
> Est d'être encor plus précis que la prose,
> Et c'est pourquoi les vers ingénieux
> Sont appelés le langage des dieux.

*Il faut avouer que personne ne justifie mieux
que vous ce que vous avancez.*

« *On m'a parlé aujourd'hui d'une place à
l'Académie française ; mais ni les circonstances
où je me trouve, ni ma santé, ni la liberté que je
préfère à tout, ne me permettent d'oser y songer. J'ai répondu que cette place devait vous
être destinée, et que je me ferais un honneur de
vous céder le peu de suffrages sur lesquels j'au-
rais pu compter, si votre mérite ne vous assurait
de toutes les voix.*

« J'ai l'honneur d'être, Monsieur, avec toute l'estime que vous méritez, etc. »

Voltaire, en écrivant cette lettre, s'assurait la voix de La Chaussée pour sa propre élection. La Chaussée ne fut pas élu cette fois, et quand il eut fait représenter avec succès sa première comédie, LA FAUSSE ANTIPATHIE, le 12 octobre 1733, il dédia cette pièce à Messieurs de l'Académie française : « Permettez-moi, leur disait-il, de mettre sous vos auspices ces essais d'une muse qui vous était déjà dévouée, et qui reconnaît ne devoir attribuer ses succès qu'à vous seuls. C'est un témoignage public qu'elle doit aux bontés et aux secours qu'elle a reçus des illustres amis que son bonheur lui a procurés parmi vous. Oui, Messieurs, la seule reconnaissance sera tout le prix de l'hommage que vous rend un de vos nourriçons ; c'est en cette qualité que j'ose vous offrir un tribut que vous m'avez aidé à vous payer : c'est le fruit de vos leçons que je vous présente et dont je vous rends grâces. »

Voici comment l'abbé Desfontaines avait

jugé l'Épitre de Clio, dans le Nouvelliste du Parnasse (tome IV, pages 49 et suiv.) : « Ce petit ouvrage est digne de son succès, non seulement parce qu'il est écrit, en faveur de la vérité et pour le soutien du bon goût, contre quelques opinions singulières débitées par les beaux-esprits modernes, mais encore parce que c'est un poème didactique fort ingénieux. Pourquoi le poème de M. Pope sur la Critique, traduit en beaux vers par M. l'abbé du Resnel, a-t-il eu moins de succès que cette Épitre de Clio ? C'est que le sujet de cette Épître est plus intéressant ; que l'auteur s'y est proposé un objet plus fixe et plus précis, et qu'il a su mettre dans son ouvrage plus d'ordre, plus de raisonnement, plus d'images, des éloges plus flatteurs et des traits plus satiriques. L'orateur y attaque solidement et avec esprit le système d'un Moderne en faveur de la prose, et il pousse le raisonnement contre lui jusqu'à une espèce de démonstration poétique. Cependant j'y ai remarqué quelques légères taches. En général, j'y trouve un peu trop de monotonie dans le style. Les

vers de dix syllabes, surtout ceux qui sont à
rimes plates, exigent certains enjambements mé-
nagés avec art, qui ne sont pas assez fréquents
dans cette pièce, ce qui fait que la rime y est
importune et fatigante. L'auteur s'est aussi quelquefois permis des vers prosaiques et négligés,
des expressions peu correctes et des pensées qui
ne sont pas toujours justes. »

La Chaussée avait composé, dans sa jeunessse,
beaucoup d'autres pièces de poésie. « Dès les
premières années de sa vie, dit Fréron dans
l'ANNÉE LITTÉRAIRE de 1763, il eut le courage
d'écarter toutes les illusions qui l'entouraient
et se livra à l'amour de l'étude, passion contraire à cet esprit de mouvement et d'intrigue
qui fait souvent parvenir un homme médiocre
aux premières places. M. de La Chaussée sentit
que le goût et la tranquillité des arts étaient les
vrais plaisirs de l'homme qui pense ; il répandit
son âme dans des vers qu'il ne montroit qu'à ses
plus intimes amis. » Sablier, qui publia l'édition
posthume des Œuvres de La Chaussée, était un
de ces amis-là. La Chaussée, ayant perdu la

plus grande partie de sa fortune patrimoniale, · lui écrivait, d'Amsterdam, le 26 septembre 1729 : « Une consolation imaginaire soulage quelquefois des maux présents et fait oublier pour un moment ses malheurs. C'est estre effectivement heureux pendant ce mesme moment. » Le bonheur et la consolation dont parlait ainsi La Chaussée, c'était le culte des lettres et l'amour de la poésie. Malheureusement la plus grande partie de ses vers avaient été perdus ou jetés au feu, quand ses Œuvres furent publiées par Sablier en 1762 (Paris, Prault fils, cinq volumes petit in-12). On ne connaissait plus que son ÉPITRE A CLIO et ses Comédies, dont la représentation avait eu tant d'éclat ; on se rappelait aussi ses contes, qu'on avait souvent applaudis quand il les récitait à table dans les soupers de la Finance ; c'est pourquoi l'abbé de Voisenon a dit dans ses ANECDOTES LITTÉRAIRES [1] : « Il étoit quelquefois plaisant en bouffonneries,

---

1. Voir, dans notre collection des *Chefs-d'œuvre inconnus*, les *Anecdotes littéraires* de Voisenon, p. 66.

. ce qui est aisé. » Voisenon ajoute ensuite ce trait malin, qui pourrait bien se rapporter aux poésies de La Chaussée : « Il étoit grand amateur de fleurs; il n'en avoit pourtant guère dans l'esprit. » En tout cas, les Contes gaillards de notre poète, grand amateur des jardins, faisaient un étrange contraste avec ses comédies bourgeoises et larmoyantes : on les estimait d'ailleurs beaucoup plus qu'ils ne valaient, car on les mettait presque au niveau des Contes de La Fontaine. Ils n'avaient cependant pas été imprimés avant qu'ils eussent été recueillis en partie dans le Supplément de l'édition des Œuvres de 1762. « On a ajouté aux cinq volumes, dit Fréron, un Supplément qui contient une parade intitulée LE RAPATRIAGE, dix contes médiocres, d'un style ennuyé, sans naïveté et sans plaisanterie. On aurait pu, sans faire tort à la réputation de La Chaussée, supprimer ce Supplément. Au reste, on l'a donné au public, malgré l'honnête éditeur. » Les Contes que nous reproduisons dans nos CHEFS-D'ŒUVRE INCONNUS sont loin de mériter le dédain de Fréron ; ils *ne peuvent pas sans doute être comparés à ceux de La Fontaine, mais ils ont des qualités réelles de style, surtout dans le genre marotique, que J.-B. Rousseau, Vergier et d'autres poètes avaient mis à la mode. Les éditeurs des* Annales poétiques *ont choisi trois de ces Contes :* l'Origine de la barbe, *l'*Origine de la fossette au menton *et* Ima, *pour les insérer dans le tome XXXVIII de leur recueil. « Nous les réimprimons tous, à titre de rareté et de curiosité, sans nous croire obligé de relever les fautes ou les faiblesses qu'on pourrait signaler dans leur composition. Le pavillon de La Chaussée couvrira la marchandise.*

P. L. Jacob, bibliophile.

CONTES ET POÉSIES

DE

LA CHAUSSEE

CONTES ET POÉSIES

LE CANCRE

Dans les journaux des filles de Mémoire,
D'un cancre aurez sans doute lû l'histoire,
Qui, par Junon contre Hercule envoyé,
Mordit au pied ce brave fils d'Alcmene,
Dont sur le champ fut occis pour sa peine,
Et dans l'état des astres employé.
Un autre fut, par messer Cocuage,
Envoyé contre un jaloux personnage :
Car volontiers il chasse à tels oiseaux,

Aussi jaloux sont-ils friands morceaux :
Nouveaux plaisirs naissent de leurs allarmes ;
Dans leur épouse on trouve plus de charmes ;
Sur un cocu qui ne soit pas jaloux
On perd moitié des plaisirs les plus doux.
  Mais, sans rester plus longuement à l'ancre,
Or revenons à notre nouveau cancre.
L'Hercule en fut un certain vieil Argus ;
Cela s'entend, la perle des cocus.
Vieux et jaloux en sont le synonime.
Le roi du lieu, depuis peu, par estime,
D'une cité l'avoit fait gouverneur,
De plus l'époux de certaine éveillée.
C'est bien et mal, marchandise mêlée,
Et rarement sans charge il est d'honneur.
Le cancre enfin dont se conte la chance,
De maints et maints confreres escorté,
Par un pêcheur fut, à leur Excellence,
Dans un panier, un matin, apporté,
Qui près du lit mit la troupe entassée :
Car le jaloux, avec son épousée,
Goûtoit encor les douceurs du sommeil.

On leur devoit présenter au réveil.
Certaine odeur lors piquant la narine
D'un des compaings de la troupe marine,
Le plus hardi d'entr'eux se jette à bas,
Va sous le lit. Certain vase aquatique
Y renfermoit la source odorifique.
Il saute au fond ; mais long-temps n'y fut pas.
Besoin pressant réveilla la femelle,
Qui, sans y voir, prit son official [1] ;
Lors, à grands flots, cette Aurore nouvelle
De sa rosée inondoit l'animal,
Quand, s'allongeant, l'écrevisse échaudée
Happa l'endroit d'où tomboit telle ondée.
Qui fit des cris ? Elle fit, comme il faut,
Ceux que peut-être elle auroit fait moins haut
Avec tout autre, en pareille aventure.
Le cancre point ne lâcha sa capture.
Lui de serrer ; la dame d'appeller ;
Et son jaloux aussi de s'éveiller,

---

1. Vieux mot qui signifie *pot-de-chambre ;* il est tiré
de l'italien.

Qui, ne rêvant que cocuage et corne,
A son honneur crut trouver quelque écorne.
Il courut vîte en faire l'examen.
L'huissier nouveau du cabinet d'Hymen,
Au même instant, vint s'offrir à sa vûe.
Pour mieux encor en faire la revue,
Sur son long nez lunettes accrocha,
Et de si près du cancre s'approcha
Que l'animal eut encor l'insolence
De se jouer au nez de l'Excellence,
Qu'il agrippa si bien, et tenailla
Qu'onc de ses jours ne le fourrera là ;
Et fera bien : car qu'est-ce qu'on retire
A, de si près, regarder sa moitié ?
C'est, tôt ou tard, d'apprêter de quoi rire.
Mal de jaloux à nul ne fait pitié.

LA CLÉMENTINE

Or écoutez, vous, femmes inhabiles
A célébrer les doux jeux de Vénus ;
Et vous aussi, bachelettes nubiles,
Si mes avis jà n'avez prévenus.
Mais, en tout cas, c'est à vous que s'adresse
Certaine Bulle, en ce point, très-expresse.
A Clément six l'Esprit Saint la dicta :
Car, comme on sçait, c'est lui qui les inspire.
Le tendre Amour à l'instant l'adopta ;
Même l'on dit que ce dieu la fait lire,
Chaque dimanche, aux prônes de Paphos.
Quoi qu'il en soit, je vais en peu de mots
Conter d'où vint la réforme nouvelle.
Vous sçaurez donc qu'Hymen à sa cordelle

Avoit, dit-on, attrappé, depuis peu,
Froide pucelle et galant plein de feu.
C'est là souvent des tours de l'hyménée.
Rien n'y plaignoit, ni soir ni matinée,
L'époux nouveau, plus ardent qu'un tison,
Pour réchauffer la belle inanimée;
Mais tous ses feux s'en alloient en fumée;
Et sa moitié, plus froide qu'un glaçon,
Ne s'en haussoit ni baissoit davantage.
Lui seul enfin, tel étoit son usage,
Vaquoit au jeu, qui seroit bien plus doux
Si, par malheur, le dieu de l'hyménée
N'en faisoit pas un devoir aux époux;
Œuvre joyeux, que femme rafinée,
Avec l'ami, rend encor plus charmant.
La mort enfin la mit au monument,
Et de façon vous troussa la pauvrette
Qu'à ses côtés, dans la même couchette,
Son mari même ignoroit son destin.
Son ame étoit peut-être encore en route,
Quand, tourmenté du démon du matin,
Il s'éveilla : comme Amour ne voit goute,

Bref, le paillard rendit au pauvre corps
Tout autre enfin que le devoir des morts.
Froids habitans de la nuit ténébreuse,
Si les devoirs qu'on vous rend à la mort
Peuvent là-bas adoucir votre sort,
Ame jamais fut-elle plus heureuse ?
Il achevoit de faire un compte rond,
Quand tout-à-coup l'astre du jour, trop prompt,
Vint découvrir tout le triste mystere.
Bien jugerez de son affliction,
Et des regrets qu'un tendre époux peut faire.
Mais, las ! sur-tout la profanation
Par lui commise envers la trépassée
Terriblement bourreloit sa pensée,
Si qu'il s'en fut, avant Pâques venu,
A son curé conter par le menu
Qu'innocemment il avoit troublé l'ame
Et le repos de la défunte dame.
« Pour tels forfaits mes pouvoirs sont trop courts,
Dit le pasteur ; au pape ayez recours. »
Il s'en fut donc, avec pleine escarcelle,
Au conducteur de la sainte nacelle.

Pas ne doutez qu'il n'obtînt son pardon :
Il l'eut enfin ; mais il lui coûta bon.
Pour obvier à pareil sacrilége,
On assembla l'infaillible collége ;
On y dressa bonne bulle de Dieu.
La *Clémentine* est son nom de baptême,
Comme l'on voit, du nom du pape même.
Ores sçavez ce qui lui donna lieu.
La voici donc ; besoin n'est d'apostilles.
Or écoutez, vous, femmes, et vous, filles.
Lorsqu'un amant vous tiendra dans ses bras
(Époux, amant, en ceci c'est le même),
Si ne voulez encourir l'anathême,
Prouvez-lui bien que vous ne dormez pas :
Faute de quoi, fût-ce une impératrice,
Sous tel prétexte ou cause que ce soit,
Nous relevons, envers telle infractrice,
Époux, amans, de tout amoureux droit.

IMA

Filles de rois, comme nous, ont une ame
Aussi sensible à l'amoureuse flamme.
Celle du roi nommé Charles le Grand
Va, dans ce conte, en être le garant.
C'étoit Ima, jeune, et partant gentille :
Car à quinze ans point n'est de laide fille.
L'Amour prit donc un jour un de ses traits,
Et d'un seul coup fit deux nouveaux sujets.
L'un fut Ima, puis l'autre un secrétaire
Du conseiller de l'empereur son père.
Ce secrétaire, on l'appelle Eginard.
En fait d'amour, c'étoit un fin renard.
Tendron n'étoit, dont la mine fût gente,
Sur qui l'Amour ne lui dût quelque rente.

Filles de rois ne lui faisoient pas peur,
Encore moins celle de l'empereur.
Il se prit donc à mettre en batterie
Tout ce qu'Amour avoit d'artillerie,
S'entend soupirs, pleurs, fins regards, langueur,
Inventions pour conquêter un cœur,
Et dont est plein l'arsenal d'Amathonte.
D'autre côté, quelque légere honte
Faisoit qu'Ima rougissoit de son choix :
On se citoit maintes filles de rois
Qui bien plus bas placerent leurs tendresses ;
On se souvint de nombre de déesses :
Car, quand on a besoin d'autorité,
La Fable prouve et devient vérité.
Qui capitule est bien prêt à se rendre.
Pas ne tarda la princesse trop tendre,
Qui, quand la nuit venoit faire son tour,
Se consoloit des contraintes du jour,
Et, dans les bras de son amant fidele,
Redevenoit une simple mortelle.
Il s'avisa de neiger, une nuit
Qu'Ima l'avoit dans sa chambre introduit :

Or, pour sortir de chez notre *galande*,
Falloit passer une cour assez grande ;
Pas ne pouvoit qu'Eginard n'imprimât
Des traces d'homme, et ne commît Ima.
Que faire ? Mais que fille a de ressource !
Déjà le jour recommençoit sa course :
On tint conseil ; l'Amour y présida,
Et la princesse enfin y décida
Qu'il leur falloit renouveller l'histoire
De ce Troyen, de pieuse mémoire,
Qui sur son dos mit son père et ses dieux,
Et les sauva du Grégeois furieux.
Eginard donc, aidé d'une escabelle,
Grimpe et se met sur le dos de la belle ;
Puis, sans broncher sous un poids que l'Amour
Avoit rendu de la moitié moins lourd,
Elle tira son cavalier d'affaire.
Le bon Troyen, en emportant son pere,
Ne fut, je crois, si vîte de moitié ;
Mais l'Amour est plus fort que l'Amitié.
La nuit revint ; et l'heure convenue
Du rendez-vous étoit aussi venue ;

Mais il avoit encor neigé le soir,
Et notre Ima vit avec désespoir
Que son amant ne venoit point s'y rendre.
Dans l'avant-cour la belle alla l'attendre :
Car, sans se voir, comment passer un jour?
Eginard vint tout transporté d'amour;
Mais le trajet n'étoit pas pratiquable;
Point d'autre asyle, ou sûr, ou convenable,
Que cette chambre où la belle couchoit.
Eh! direz-vous, alors qui l'empêchoit
D'en faire autant comme la nuit derniere,
Et le porter de la même maniere?
En soupirant, Eginard s'en ouvrit
Par ce discours, qui bientôt l'attendrit :
« Ah! lui dit-il, il n'est pas sûr d'attendre
Au lendemain; il faut toujours tout prendre :
En fait d'amour, rien ne doit être dû;
Ce qu'on differe est autant de perdu. »
Tant de raisons la firent enfin rendre.
Encore un coup, la princesse trop tendre
Tendit le dos; et notre amant monté
Fut dans sa chambre en triomphe porté.

Il revenoit par la même voiture :
Le roi le vit passer sur sa monture,
Lors éveillé par inspiration,
Mais ce ne fut sans admiration
Ni sans courroux contre le téméraire.
A son Conseil il fut porter l'affaire :
Car un bon roi ne fait rien de son chef.
A la rigueur on jugeoit le méchef;
Tel qui trouvoit le crime bien pendable
En eût voulu, je crois, être coupable.
Le tout alla pourtant plus doucement :
C'est la vertu d'un roi d'être clément.
Charles le fut, si toutefois c'est l'être,
Quand on se sert d'un notaire et d'un prêtre.
Est-ce pardon, est-ce punition
Que d'épouser? Jugez la question.

L'ORIGINE DE LA BARBE

Pauvres époux d'une moitié rebelle,
Votre malheur n'est pas chose nouvelle ;
Et l'art de faire enrager un mari
N'est pas un art inventé d'aujourd'hui.
C'est un secret aussi vieux que les hommes,
Perpétué jusqu'au siécle où nous sommes,
Mais où le diable et l'esprit féminin
Ont, à présent, mis la derniere main.
Qu'ainsi ne soit : Adam, notre bon pere,
Fut, comme vous, dans la même misere ;
Hors qu'à présent on peut, chez ses voisins,
S'aller par fois venger de ses chagrins.
Le pauvre Adam fut bien plus misérable,
Car il n'avoit que sa femme et le diable.

C'est là le tiers qu'a toujours eu l'hymen.
Mais quelle femme avoit le bon humain !
Combien de fois regretta-t-il sa côte !
La belle étoit aigre, hargneuse, haute ;
Pour son bon-homme elle avoit trop d'appas ;
C'étoit un sot qui ne la valoit pas.
Jamais époux a-t-il valu sa femme ?
Las à la fin des mépris de la dame,
Au Créateur il fut conter le tout.
« Seigneur, lui dit le pauvre époux à bout,
Rends-moi ma côte, et reprends ta femelle,
Ou fais exprès un paradis pour elle. »
Anges, sous cape, en soûrirent entr'eux :
On rit toujours d'un époux malheureux.
Le Seigneur seul eut pitié de sa peine.
« Prends, lui dit-il, cette huile souveraine ;
Va t'en frotter le visage en secret.
Tel en sera le salutaire effet
Qu'il te rendra la face redoutable,
Et te fera l'air mâle et respectable.
Il faut noter que le moindre coton
N'avoit encor ombragé son menton.

A peine Adam mit le baume en usage,
Quand il sentit pousser sur son visage
Ce qui, chez nous, vient, avec les desirs,
Nous annoncer la saison des plaisirs.
Surpris alors de ce qu'il sentoit naître,
Plus il tâtoit, plus il le faisoit croître.
Il l'essaya sur maints et maints endroits,
Par-tout le baume opéra sous ses doigts.
Alors, tout fier de sa toison nouvelle,
Il fut trouver l'intraitable femelle.
Quel changement ! Ce redoutable aspect
A la pauvrette imprima du respect.
Eve devint douce, tendre et docile ;
Et notre époux, grace à cette heureuse huile,
Eut un repos qu'il n'osoit espérer.
Bonheur d'époux n'est pas fait pour durer.
Adam, un jour, dans un bocage sombre,
Pour son secret, se retiroit à l'ombre ;
Là se servoit de ce baume divin,
Quand son tendron, conduit par le Malin,
Vint dans le fond de ce bois solitaire,
En tapinois, y lorgner le mystere.

Eve en sourit, et, se mordant le doigt,
De tous ses yeux elle épia l'endroit
Où, par Adam, la phiole fut cachée.
Long-tems ne fut sans être dénichée.
A peine Adam fut décampé du bois
Qu'Eve d'abord alloit, du bout des doigts,
Sur son visage essayer la recette,
Quand tout-à-coup démangeaison secrette
Je ne sçais où lui fit porter la main.
Là ne rata le baume souverain :
Il fit effet ; et sa vertu fut telle
Que, loin d'ôter des appas à la belle,
Elle y gagna de secrettes beautés.
Lors un buisson frémit à ses côtés ;
Un rien fait peur à ce sexe timide.
Eve s'enfuit où sa crainte la guide ;
Mais, en fuyant, elle fait un faux-pas,
Casse la phiole, et répand tout à bas.
Grace au faux-pas de sa moitié peu sage,
Voilà comment l'homme eut seul en partage
Ce sceau divin de la virilité,
Qu'il a transmis à sa postérité.

Eve reprit son allure ordinaire.
Que fit Adam? Ce qu'un époux doit faire :
Pour éviter un éclat indiscret,
Il apprit l'art d'enrager en secret.

LE ROI HUGON

Il fut jadis un saint parmi nos rois.
A grand marché l'on l'étoit autrefois.
A cela près, héros de sa personne.
Saint Charlemagne est le nom qu'on lui donne.
Il revenoit, avec ses paladins,
De Palestine, ainsi que pélerins.
Or, pour rentrer par le plus sûr en France,
La caravane avoit pris par Bizance :
Dieu sçait combien le roi de la cité
Se fit honneur d'être ainsi visité.
C'étoit Hugon ; il avoit femme et fille,
L'une encor bonne, et l'autre assez gentille :
C'étoit de quoi fêter nos gens de bien ;
Chacun aussi rien n'y plaignit du sien.

Le soir venu, nappe blanche fut mise,
Et l'on servit. La reine fut assise
Au côté droit du monarque gaulois ;
Ensuite Ogier, le chevalier danois ;
A gauche on mit la princesse, sa fille,
Roland, Richard, Hugon et sa famille,
Ainsi du reste ; et, par humilité,
Au dernier bout Turpin s'étoit planté,
Tout vis-à-vis la belle Jacqueline.
Ce Turpin fut moine en ses jeunes ans,
Depuis prélat, mais ribaud en tout tems.
Partant le feu prit sous son étamine
Dès qu'à ses yeux Jacqueline brilla ;
Mais coup de dents n'en perdit pour cela :
Ains, comme un moine, il se remplit la panse ;
Du reste, en Dieu mettant sa confiance.
Minuit sonnant, nos compagnons refaits,
Dans un sallon, trouverent leurs lits faits.
Chacun couché, l'on souffla la chandelle.
Lors le caffard de songer à sa belle.
Or l'empereur ne put fermer les yeux.
Aux chevaliers, qui ne dormoient pas mieux,

Il proposa de gaber ; c'est-à-dire
De lui servir chacun un plat pour rire.
« Gage, dit-il, aussi net que navet,
Fendre d'un coup un homme et son armet.
— Je ferai plus, dit le neveu de Charle.
— Tu feras plus ! Comment donc cela ? Parle.
— Je veux, parbleu, que murs tombent d'abord
Que, tant soit peu, j'aurai sonné du cor.
— Devant Richard, amis, baissez la pique :
Sans nul secours, art, ni pacte magique,
Qu'un cheveu mis autour de ce poteau,
Je gagerois d'abattre ce château. »
Ils avoient tous gabé fort à leur aise,
Quand Turpin dit : « Amis, qu'à Dieu ne plaise
Qu'au dam d'autrui je me serve jamais
D'aucun des dons que le Seigneur m'a faits ;
Mais seulement, si sa bonté divine,
Pour cette nuit, me prêtoit Jacqueline,
Vertu de froc, pas ne verrois le jour
Sans lui prouver quinze fois mon amour. »
Sçaurez qu'Hugon, au creux d'une colonne,
Avoit caché sa royale personne.

De les entendre il étoit curieux;
Quant tout à coup, en sortant furieux :
« C'est d'un mépris, dit-il, trop téméraire
Payer l'accueil qu'on eut tort de vous faire.
Or, de par Dieu, tous le pas sauterez,
Ou de vos gabs vous vous acquitterez.
Nous allons voir (parlant à Charlemagne)
Si mettez bien la flamberge en campagne. »
En filant doux, on crut fléchir Hugon ;
Mais il devint plus dur qu'un pharaon.
Que fit le roi dans ce besoin extrême ?
Il implora l'assistance suprême ;
A ses soupirs, Turpin mêla ses vœux :
Le Ciel alors les exauça tous deux.
Un ange vint, qui leur mit cœur au ventre :
« Enfans, dit-il, vous serez secourus
Pour cette fois; mais n'y revenez plus. »
Cela disant, il s'envole. Hugon rentre.
Charles alors : « Sire, on vous servira,
Et, pour si peu, nul ne se dédira ;
Si vous avez quelques gens à pourfendre,
Plus longuement ne me faites attendre. »

Il en vint un ; mais, il l'avoit bien dit,
Tout net en deux il vous le pourfendit.
Chacun à chef eût mis son aventure,
Lorsqu'étonné de la déconfiture,
Le fier Hugon mit de l'eau dans son vin ;
Mais, par bonheur pour sa fille et Turpin,
Il s'obstina dans le gab du lévite.
« Je ne crois pas que celui-ci l'évite :
Quinze, dit-il ! Jacqueline les vaut ;
Mais ce paillard l'a pris un peu trop haut.
Le muletier que tondit Agilufe
Ne les fit pas ; si valoit ce Tartuffe.
(Au bon Hugon je dirois volontiers :
« Moine, à ce jeu, vaut quatre muletiers. »)
Frere, voyons ce que vous sçavez faire,
Si l'entendrez mieux que votre bréviaire,
Sans doute ; mais pour tous vous payerez.
— Soit ! dit Turpin, sûr de son allumelle.
Que l'on me lâche à présent la donzelle ;
Demain matin nouvelles en aurez. »
Or arriva Jacqueline en chemise.
Fille à son pere onc ne fut plus soumise.

4

Sur son honneur (mais peut-être sur rien,
Car dix-sept ans la fillette avoit bien),
Hugon la fit jurer d'être fidelle :
« Accuse juste au moins, dit-il, pucelle,
Si non au Ciel, un jour, en répondras! »
Elle jura, puis dans le fond des draps
Le moine en rut tira la créature.
Hugon s'en fut dessous sa couverture,
Y méditer un supplice au pater ;
Mais sans son hôte il ne faut pas compter.
Bien jura-t-il d'en faire une grillade.
Turpin bientôt vous tripla l'enfilade ;
Moment après, et de cinq il compta.
A ce calcul la belle s'emporta.
« Tout beau, mon pere! encor n'est-ce que quatre? »
Turpin, de cinq, ne voulut rien rabattre :
« Or, puisqu'enfin tous deux n'en sçavons rien,
Recommençons, dit-elle, et comptons bien.
— C'en seroit vingt, dit-il à sa tricheuse ;
Mais, pour n'avoir d'erreur aussi fâcheuse,
Et tout d'un coup trouver le compte net,
Comptons tous deux avec ce chapelet. »

Au point du jour, douze des patenôtres
Il se trouva ; restoient encor trois autres ;
Mais il rendit les armes à l'Amour :
Las, accablé, le sommeil eut son tour.
A son réveil, épuisement de force ;
Le feu ne prit qu'un coup à son amorce :
« Mourons, dit-il ; aussi bien, s'il le faut,
Mieux le vaut là que sur un échafaud. »
Puis en mourant tira son penultieme,
Et tout-à-fait lui rata son quinzieme,
Quand cil qui tient tous les cœurs dans sa main
Rendit celui de la princesse humain.
« A l'Eglise onc ne ferai tel dommage
De la priver d'un si grand personnage ;
Je n'en vaux tant, mon pere ; et, pour un point,
Mieux vaut mentir et ne vous perdre point.
— Ah ! dit Turpin, aussi généreux qu'elle
(Car, pour un moine, il avoit l'ame belle),
En l'autre monde onc ne l'emporterez ;
Ce point, ma sœur, dont pour moi mentirez,
Pour tout délai, ce soir je le rembourse. »
Phœbus étoit presque au quart de sa course,

Quand, par Hugon, Turpin fut réveillé ;
Mais du rapport tant fut émerveillé
Qu'un pied de plus sur son chef on vit croître
Ce que jadis son épouse y fit naître.
A son papa la fillette mentit ;
Lui, de son ire enfin se départit.
Mais toutefois la reine soupçonneuse
(Car, en ce point, elle étoit connoisseuse) :
« C'est se moquer, dit aigrement au roi,
Qu'à cet enfant d'ajouter tant de foi.
S'il les a faits, il peut les faire encore.
Je gagerois que c'est une pécore,
Qu'il n'a pas eu grand'peine de duper ;
Fin seroit bien, s'il sçavoit m'attrapper :
Pour votre honneur, ne soyez si crédule ;
Et qu'avec lui, Sire, une autre calcule.
— Ah ! dans ce cas, dit le roi des cocus,
La plus Agnès compteroit moins que plus.
C'en est assez. » Enfin, comblé d'éloge,
Notre futur suppôt du Ménologe,
Envers l'infante acquitté sauf et franc,
Revint en France avec Charles le Grand.

LA LINOTTE DE JEAN XXII

Être discrette et femme tout ensemble,
Ce sont deux points que jamais on n'assemble,
Et la moins femme, en ce sexe indiscret,
Garderoit mieux son honneur qu'un secret.
C'est, dira-t-on, trop outrer la pensée ;
Quitte à prouver l'hyperbole avancée.
   Nones étoient dans un fameux couvent,
Où Jean vingt-deux alloit assez souvent
Faire, en pardons, des dépenses de pape.
C'est Fontevrault, de peur qu'il ne m'échappe.
Au demeurant, couvent des mieux famé,
Gîte fâcheux où le diable affamé
Étoit réduit à quelque peccadille,

Menu secours qu'il tiroit de la grille.
Car, comme on sçait, l'ennemi des humains,
Par le babil, tient toujours aux nonains.
Le saint pasteur, muni de sainte bulle,
Leur vint, un jour, faire baiser sa mule ;
Dieu sçait comment les pardons y trottoient,
Si qu'on eût dit que rien ne lui coûtoient.
Insatiable est la gent monastique :
Bien l'allez voir, à l'indult fantastique
Qu'on s'étoit mis en tête d'obtenir.
Elles vouloient avoir, à l'avenir,
Pouvoir d'aller l'une à l'autre à confesse.
« Père très-saint, entre nous, dit l'abbesse,
On s'avoueroit bien plus sincerement
Tout ce qu'au prêtre on dit légerement,
Cent petits riens, bagatelles en somme,
Dont on rougit d'aller instruire un homme ;
Homme, sur-tout, qui souvent peut causer
Ce dont, à lui, nonne va s'accuser.
— Vous, confesser ! Le cas n'est pas possible ;
J'ai, dit le pape, une raison plausible
Qui vous fera refuser à regret :

Ce sacrement exige un grand secret,
Et le babil, dans l'engeance femelle,
Fut autrefois la tache originelle.
Depuis long-tems cet unique grief
Fait, à vos vœux, refuser le saint bref;
Mais j'en veux faire enfin l'expérience,
Et le sçavoir de ma propre science.
Tenez, dit-il, je mets, jusqu'à demain,
Cette boëte en garde en votre main ;
Ne l'ouvrez pas avant mon arrivée.
Faute de quoi l'on se verroit privée
Du saint indult, qui demain vous est dû
Si n'ouvrez pas le coffret défendu. »
Il sort. Voici notre boëte en voye.
«Que je la touche !—Et moi, que je la voye!»
C'étoit à qui pourroit se l'arracher ;
Mais, sans l'ouvrir, on fut pourtant coucher.
Aussi plus d'une en gagna la jaunisse.
On dormit peu : le lendemain, l'Office,
Comme on peut croire, alla tout de travers ;
Peut-on suffire à tant de soins divers ?
Un rien démonte une tête guimpée.

« Ah ! dit l'abbesse à la gent attroupée,
Le pape joue à nous faire sécher.
Quel grand secret a-t-il à nous cacher?
Pour le garder, ne sommes-nous pas bonnes?
Il fait, vraiment, un grand honneur aux nonnes !
Pour nous venger, ouvrons. Qui le dira ?
Comme elle étoit, on la refermera. »
A ce discours taupa chaque vestale.
L'abbesse ouvrit la boéte fatale ;
Qu'y trouva-t-elle ? Une linotte au fond,
Qui tout-à-coup prit son vol au plafond,
Fit, en sifflant, des rondes autour d'elles,
Puis, par un trou, s'enfuit à tire d'ailes.
Ce n'est pas tout : on heurte rudement;
Le saint pontife entre au même moment :
« Çà, ma boëte ? Ores voyons, Mesdames,
Si l'on se peut confier à des femmes ;
Car votre indult est dedans tout scellé...
Oh ! oh! dit-il, il s'en est envolé !
Seriez, vraiment, de maîtresses commeres
Pour confesser! Allez, discrettes meres :
Onc ne sera confesseur féminin.

— Tant mieux ! reprit tout bas une nonain :
Je n'étois pas pour la métamorphose ;
Un confesseur est toujours quelque chose. »

L'ORIGINE

DE LA FOSSETTE

DU MENTON

Jadis Amour fut, après bien des larmes,
L'amant aimé d'un objet plein de charmes ;
Mais, non content de ce titre si doux,
Il y joignit encor celui d'époux.
Quelle imprudence aux amans ordinaire !
Sans que l'hymen se mêle de l'affaire,
Hélas ! on cesse assez tôt de s'aimer.
Or il fallut, comme on peut présumer,
Faire à Psyché (c'est le nom de la belle)
Un équipage, une cour immortelle,
Pleine de Jeux, de Graces et de Ris,

Train convenable à la bru de Cypris.
On manda donc Flore avec ses compagnes,
Nymphes des eaux, des bois et des campagnes ;
Ce que la terre a de Jeux et d'Amours,
Tout fut sommé de venir au concours.
Pour en répandre encor mieux la nouvelle,
Amour choisit un messager femelle ;
Et, par ainsi, pas ne fut antre creux,
Réduit secret, même d'amours heureux,
Où ne fut bruit du mandement suprême.
Le rendez-vous étoit Citheie même.
Là, dans le fond d'un bocage charmant,
Asyle propre au bonheur d'un amant,
Où tout sembloit annoncer la présence
Du dieu qui tient les cœurs sous sa puissance,
Etoit un temple où l'Amour, adoré,
Est d'une foule en tout temps imploré :
Car tout mortel, à son tour, l'importune,
Et prudes même y viennent à la brune.
C'étoit-là, dis-je, où tout le peuple aîlé,
Vers le printems, se trouva rassemblé.
Ils étoient tous un peu las du voyage :

Car autrefois ce n'étoit pas l'usage
D'aller en poste à la cité d'amours ;
C'étoit corvée et traite de long cours.
Là, sur un char fait de roses nouvelles,
Qu'en se baisant tiroient six tourterelles,
L'Amour parut nonchalamment penché
Entre les bras de sa chere Psyché ;
Le blond Hymen, tout fier de sa conquête,
La torche en main, voltigeoit à la tête,
Et mille Amours, folâtrant autour d'eux,
Entrelaçoient cent chiffres amoureux.
Chacun couroit au-devant de ses traces,
Lorsque l'Amour, appuyé sur les Graces,
Sortit du char, délia son bandeau,
Et fit ranger chacun sous son drapeau.
Qu'il fut surpris de voir dans sa milice
Gens hors d'état d'entrer encore en lice,
Plus d'une nymphe au minois suranné,
Plus d'un Amour au teint bis et fanné !
Bien en vit-il en équipage leste,
Frais et dodus, papillonnans de reste ;
Plus d'une Grace au minois éveillé,

Aux yeux fripons, au corsage taillé
Sur ce dessein qui servit de modele
A de Mouchy, La Vrilliere et de Nesle
Or, ce dessein, Vénus l'a fait brûler,
Pour des raisons dont on n'ose parler.
Que fit Amour en voyant ce mélange?
Si se mit-il à trier sa phalange,
A mettre à part la fleur des bataillons,
Les Richelieux, les Rohans, les Bouillons.
Dès qu'il trouvoit tels morceaux de déesse,
Sur le menton l'Amour avec adresse
Leur appliquoit son petit doigt mignon,
Dont en restoit l'empreinte au compagnon.
C'étoient autant d'arrêtés à ses gages;
Et chez Psyché les uns étoient mis pages
Ou chambellan, majordome ou menin.
Autant en fit au troupeau féminin.
Pas ne croyez qu'il choisit la moins belle,
Pour la placer auprès de sa femelle.
Soubrette prise au choix d'un jeune époux
Ne manque pas des attraits les plus doux.
Il acheva de décimer la troupe.

Dès qu'un tendron lui tomboit sous la coupe,
Qui méritât le petit coup de doigt,
Ainsi l'Amour au menton lui mettoit
Ce sceau divin de la beauté parfaite,
Cette charmante et gentille fossette;
Tant est qu'enfin du nombre des élus
Les non marqués se trouverent exclus.
Objet commun, ou nymphe demi-belle,
Mise au rebut, s'en retourna chez elle.
Mais quel rebut! Qu'on pouvoit y glaner!
Un honnête homme auroit pû s'y borner.

LE VISA DE L'AMOUR

Voici l'aveu de mon sort déplorable :
Dieu des amours, tu vois un misérable,
Victime, hélas ! des changemens affreux
Qu'on vit aussi dans l'empire amoureux.
Pas n'est besoin d'en retracer l'histoire :
Tous l'ont assez présente à leur mémoire ;
Mais, loin d'avoir, comme d'autres amans,
Sçu profiter de mes remboursemens,
J'ai tout perdu, ce nécessaire même
Dont je roulois avec l'objet que j'aime.
Vous le sçavez, mes biens n'étoient pas grands ;
Je n'étois pas de ces cœurs conquerans
Dont les exploits sont, en gros caractere,
Ecrits, par vous, aux fastes de Cythere :

6

Je n'ai point fait résonner les échos ;
Ma main jamais, dans les bois de Paphos,
Pour une grace, en secret arrachée,
N'en consacroit un indiscret trophée ;
Mais je roulois, amant presque inconnu,
Et je vivois du petit revenu
Que je tirois du cœur d'une bergere :
Amour, enfin j'avois le nécessaire !
Pour sûreté de mon heureux état,
Vous-même aviez signé notre contrat ;
Quand ma bergere, au mépris de ma flamme,
Mit à l'aumône et mon cœur et mon ame.
Qui l'eût pu croire ! Infidelle, un beau jour,
Elle éteignit ma rente et son amour ;
Me contraignit, en dépit de mes larmes,
De renoncer pour jamais à ses charmes.
Notre contrat fut enfin déchiré,
Et je repris mon cœur désespéré.
Je l'ai gardé sans emploi, sans usage,
Et tel encor qu'il vient de la volage,
Le nourrissant de soupirs superflus,
Mets ordinaire à nos cœurs dépourvus.

Tel est, Amour, mon funeste partage.
J'avois pourtant acquis cet héritage
En beaux deniers à l'usage des cœurs,
Larmes, soupirs, amoureuses langueurs,
Respects, sermens, mille et mille fleurettes,
Et, chaque jour, de tendres chansonnettes,
Sans y compter sa houlette et son chien.
Qu'ai-je à present pour tout reste de bien?
Plaisirs passés, missives mensongeres,
Sermens écrits sur des feuilles légeres,
Qu'ont, en jouant, emporté les zéphyrs.
Amour, voilà le fruit de mes soupirs.
De mes effets voilà le triste compte
Que je rapporte au *visa* d'Amathonte.
Vous plaise donc, sensible à mes desirs,
Me recoucher sur l'état des plaisirs,
Et désormais obliger ma volage
A me payer un fidele arrérage.
Vous me rendrez mon patrimoine ancien;
Et, ce faisant, Amour, vous ferez bien.

L'AVENTURE

DU BOIS DE BOULOGNE[1]

Près de Lutece est un bois renommé,
Pas n'a besoin d'être autrement nommé.
C'est où l'Amour, avec le cocuage,
Tient au printems sa cour et son ménage.
Or, pour aller à ce nouveau Paphos,
La Seine semble y détourner ses flots.
Sur le chemin sont chapelles sans nombre,
Où pélerins peuvent se mettre à l'ombre;
Et mille Amours, errans soir et matin,

---

1. Cette pièce, qui fut faite au commencement de
l'année 1720, est une apologie du Système.

Aux voyageurs enseignent le chemin ;
Mais, en tout point, la route en est facile,
Si qu'à ce bois fille à peine nubile
Iroit tout droit seule avec son amant.
J'allois moi-même à ce réduit charmant ;
Mais, entraîné par le dieu qui m'anime,
J'allois, hélas ! n'y chercher que la rime.
Je méditois, et marchois à pas lents,
Lorsque le bruit d'une troupe d'enfans
Vint me tirer d'une si douce yvresse.
Ils paroissoient revenir de Lutece,
Et leur maman marchoit au milieu d'eux.
Moi, je les crus des Amours et des Jeux
Qu'on ramenoit en vacance à Cythere.
De grace, Amour, n'en dis rien à ta mere.
Quelle Vénus escortoit ces marmots !
Vous le dirai-je ? Elle avoit, en deux mots,
Le regard louche et la bouche béante,
L'échine large et l'allure pesante ;
Et, pour cacher sa difforme épaisseur,
Elle portoit la robbe d'un docteur.
Mille grelots pendoient tout autour d'elle ;

Et l'on portoit, devant cette immortelle,
Un flambeau jaune, éteint et renversé.
Je m'en sentis tout-à-coup embrassé.
« Renouvellons, dit-elle, connoissance.
Embrasse encor ta mere l'Ignorance :
Car tous rimeurs sont mes enfans chéris. »
Et, se tournant avec moi vers Paris :
« Hélas ! mon fils, dit-elle, toute en larmes,
Qu'est devenu ce regne plein de charmes
Qu'en ces beaux lieux j'exerçai si long-tems?
Autour de moi tu vois tous mes enfans :
J'avois entr'eux partagé ma puissance,
Et, sous mes loix, ils gouvernoient la France.
Vulgairement on les appelle Abus.
Mais nous fuyons. Hélas! je ne sçais plus
Où je pourrai trouver une retraite.
Un nouveau Sphinx a juré ma défaite (1).
Pour opposer à ce vainqueur fatal,
Il me restoit encore un tribunal,

---

1. Jean Law, contrôleur général, et auteur du Système.

Où j'ai d'abord soulevé la chicane ;
Mais la raison s'en rit, et nous condamne.
L'autorité, qui nous prêtoit les mains,
De nos autels arrache les humains.
Ils ont par-tout cessé leurs sacrifices ;
L'oisiveté ne fait plus leurs délices.
Ingrats mortels, courez donc aux travaux ;
Risquez vos biens sur de frêles vaisseaux [1] :
Suez, veillez, et, par votre industrie,
Enrichissez vous et votre patrie.
Pour me venger de ces séditieux,
Le doux sommeil s'enfuira de leurs yeux
De leur fortune artisans trop avides,
Je les verrai, le front chargé de rides,
Le chiffre en tête, écarter les Amours,
Et, sans jouir, amasser tous les jours. »
Elle exhaloit cent menaces frivoles,
Quand je rompis le cours de ses paroles :
« Quel ministere avoient donc vos enfans ?

----

1. La Compagnie des Indes mit beaucoup de vaisseaux en mer cette année.

De grace, dis-je, enseignez-moi leurs rangs.»
Lors un d'entr'eux, pour soulager sa mere,
Me dit : « Ami, je vais te satisfaire,
Car c'est à moi que l'on en veut le plus,
Comme au premier de ces pauvres Abus.
Nous avions tous des charges différentes.
Je suis l'auteur de ces commodes rentes,
Le nourricier du bourgeois fainéant :
Il me devoit son état indolent.
A son foyer, sans peine et sans mysteres,
Il y vivoit aux dépens de ses freres.
Je lui payois son inutilité.
Pour défrayer sa douce oisiveté,
Je rançonnois la ville et la province,
Aliénois les revenus du prince ;
Bref, de son roi, j'en ai fait un fermier,
Que j'ai toujours ruiné le premier.
Mais un mortel abolit un usage [1]
Perpétué jusqu'ici d'âge en âge,

---

1. Le Régent remboursa les rentes de l'Hôtel de ville
en billets de banque.

Et la Sagesse a rempli ses projets.
J'ai vû ce roi, quitte envers ses sujets,
Débarrassé d'une charge importune ;
Enfin, j'ai vû ce roi faire fortune. »
Puis il pleura de si bonne amitié
Qu'en vérité j'en eus presque pitié.
« Et moi? reprit d'une voix grassouillette[1],
Un petit frere à bourse rondelette,
Au teint plus frais que celui des zéphirs,
A l'embonpoint pétri par les plaisirs ;
Pour soutenir ce frere qu'on renverse,
Ai-je épargné le peuple et le commerce?
Thémis, en proye à la vénalité,
Fut un essai de mon avidité.
Je fabriquai mille êtres inutiles (2),
Dont je remplis les champs les plus fertiles.
Je surchargeois le pauvre laboureur,
Et sans pitié prélevois son labeur.
Du nom de droits, ce même aréopage

---

1. Les financiers.
2. Toutes les nouvelles charges qu'on avoit créées.

Autorisoit ma taille et mon péage ;
Pour recueillir le fruit de mes impôts,
J'ai du néant tiré mille suppôts
Qui, s'engraissant du sang de la canaille,
Arrondissoient et leur bourse et leur taille.
Qu'en venoit-il au prince généreux ?
L'iniquité se partageoit entr'eux ;
Mais le total de ces sommes reçues,
Presqu'en entier, restoit à mes sangsues.
Loin d'enrichir le prince et son trésor,
Pour l'enrichir je l'endettois encor.
Je lui trouvois de fatales ressources ;
Et tous les jours, au fond de mille bourses,
A grosse usure il empruntoit son bien :
C'est fait de roi que de n'amasser rien.
—Eh ! mon malheur doit-il céder au vôtre ?
En larmoyant, lui repartit un autre[1].
Vous-même, ami, vous allez en juger. »
Lors je me mis à mieux l'envisager.

---

1. Le Parlement, à qui le Régent avait rendu le
pouvoir de faire des remontrances, et qui fut ensuite
exilé à Pontoise.

De cheveux gris sa tête étoit ornée,
Et, par-dessus, d'une toque herminée ;
Notre sournois, l'air grave et boursoufflé,
Du laticlave étoit emmitoufflé ;
Et, devant lui, la Chicane éplorée
Portoit en main la balance sacrée.
« Ami, je suis le protecteur des loix,
Pere du peuple, et le tuteur des rois.
J'avois, me dit le petit fanatique,
Fait de la France un Etat anarchique ;
J'y crus avoir usurpé pour jamais
Le rang proscrit des maires du palais.
Là je tenois, sous le nom de tutelle,
Mon maître même en enfance éternelle ;
Le prince étoit devenu mon vassal,
Et le premier après mon tribunal.
Là, sur les bancs, en plein aréopage [1],
De la couronne il me rendoit hommage,
Et demandoit à mes républicains

---

1. Lorsque le roi, à son avénement, va au Parlement pour se faire reconnoître.

Le droit d'user de ses droits souverains.
Là s'exposoient, aux yeux de ce vulgaire [1],
Ces projets nés au fond du sanctuaire,
Secrets d'Etat, ennemis du grand jour,
Que je faisois avorter dans ma cour.
Entre le prince et sa triste patrie,
Je me rendois le juge et la partie;
Je proscrivois jusques dans sa maison [2];
Aux mécontens je tendois le giron.
Combien de fois, rebelle et téméraire,
Ai-je, imitant ce sénat insulaire,
Aux pieds du trône arboré mes drapeaux
Et fait rougir ma hache et mes faisceaux !
Tantôt forcé, sans appui, sans défense [3],
Le front couvert d'une fausse innocence,
On me voyoit traverser la cité.

---

1. Les déclarations du roi envoyées au Parlement,
qui examine s'il les doit recevoir.

2. Ceci peut avoir rapport à la minorité de Louis XIV,
lorsque le cardinal Mazarin fut proscrit.

3. Sous la régence de Louis XV, lorsque le Parlement alla à pied au Palais-Royal, où le roi tint son
lit de justice.

Tel qu'un consul, dans la calamité,
Alloit des dieux appaiser la vengeance,
J'allois, armé d'une humble remontrance,
Faire trembler le prince à mon aspect,
Et, lui jurant un hommage suspect,
Très-humblement sapper les pieds du trône.
Peuple inconstant, lâche, qui m'abandonne,
En me perdant tu vas perdre tes droits,
Car, par mes soins, tu regnois autrefois.
Tu sçais qu'avant ma funeste aventure,
Gens évoqués du fond de la rotuie,
De la mandille intrus dans le sénat,
Etoient du roi les compagnons d'Etat.
Que je vous plains, postérité future !
Vous, fils d'un pere enrichi par Mercure,
Que ferez-vous des faveurs de Plutus ?
A beaux deniers on ne vous verra plus
Vous affubler du harnois consulaire ;
Vous croupirez dans le rang populaire ;
Et malgré vous, utiles roturiers,
Je vous verrai, bornés dans vos métiers
De pere en fils, rouler dans l'abondance,

Et dans l'Etat maintenir l'opulence. »

Lors s'approcha certain petit cagot[1],

Fait en grotesque échappé de Calot.

Vous l'eussiez pris pour quelque saint hermite,

Tant le mignon faisoit la chatemite.

Son chef était d'un froc embeguiné ;

On lui voyoit, sous un teint safrané,

L'œil obombré d'une épaisse paupiere,

Et le col tors d'un béat en priere.

Un sac plissé, noué d'un gros cordon,

Au demeurant, sangloit le compagnon.

« Ami, dit-il, je préside en Sorbonne,

Et l'*Equivoque* est le nom qu'on me donne.

Fruit des amours d'un servite normand,

Que notre mere aima furtivement,

Je fais métier de fine sapience ;

Controverser est ma grande science ;

Le syllogisme est mon invention ;

J'ai mis la forme en réputation,

Et j'ai réduit la raison en routine.

---

1. Les gens d'Église.

Je me suis fait une langue latine.
Langue vulgaire est pour moi sans appas :
On entendroit que je ne m'entends pas.
Pour expliquer ce qu'on ne peut comprendre,
Je fais des mots que l'on ne peut entendre.
Faut-il parler de ce premier moteur
Que l'univers reconnoît pour auteur,
Je suis encor plus inintelligible
Que ce grand Dieu n'est incompréhensible.
Puis, je m'étends avec obscurité.
Le préjugé me sert de vérité.
Veut-on nier un point que je suppose,
J'ensevelis le texte sous la glose ;
Je définis en termes captieux ;
Et, m'expliquant, je m'embrouille encor mieux.
Suis-je réduit à ne me plus entendre,
A mon rival je sçais d'abord m'en prendre ;
La charité s'enfuit de nos débats,
Et la raison s'envole sur ses pas.
Je souffle alors la haine et les scrupules,
J'assemble et romps cent conciliabules,
Où le flambeau de Bellone en fureur

Vient s'allumer à celui de l'Erreur.
J'allois ainsi me signaler en France,
Quand tout-à-coup on m'imposa silence [1].
Cédons un tems à cet accord fatal,
Qui me défend de parler bien ou mal.
Mais, tôt ou tard, quelqu'incident frivole
Me r'ouvrira les portes de l'Ecole.
J'espere encore exercer mes poumons,
Y disputer sur des mots et des noms,
Sapper la Foi par maint et maint sophisme,
Livrer enfin le peuple au pyrrhonisme.
— Mon Révérend, dit un petit cagot,
Le frere lai de notre saint marmot :
Loin d'espérer, ah! bien d'autres allarmes
Ouvrent nos yeux à d'éternelles larmes.
Elle n'est plus, cette heureuse saison
Qui nous soumit les cœurs et la raison,
Où l'innocence adoroit nos oracles,
Et se plaisoit à lire nos miracles.

---

1. Déclaration du roi de 1717, qui imposa silence
aux deux partis.

Du genre-humain uniques héritiers,
Il nous pleuvoit des domaines entiers.
La piété crédule et charitable
De mets friands garnissoit notre table.
Notre embonpoint ne scandalisoit pas;
On louoit Dieu de nous voir gros et gras.
Mais c'en est fait : notre pauvre besace
Ne jouit plus de la grace efficace,
Et la tiédeur, fatale à notre froc,
De jour en jour dégarnit notre croc.
Elle voudroit, la jalouse Euménide,
Nous renvoyer à notre Thébaïde. »
    Tel fut l'aveu des Abus principaux ;
Car c'étoient-là les Abus cardinaux;
Le reste étoit petits freres novices,
Qui, dans l'Etat, avoient moindres offices.
Pour moi, surpris d'un aveu si gaillard :
« Frere, repris-je au petit babillard,
Dans vos malheurs vous n'êtes point à plaindre;
Votre retour me paroît seul à craindre.
— C'est bien à toi, dit l'un d'eux en courroux,
Mauvais rimeur, à parler contre nous !

Petit marchand de gloire imaginaire,
Que deviendra ton métier mercenaire ? »
Or, celui-là, je vis à son maintien,
Que du Parnasse il étoit citoyen.
« Apprends, dit-il, ma douloureuse histoire.
J'étois fermier du temple de Mémoire;
Sur mon grenier ces mots étoient écrits :
Céans on rime et loue à juste prix.
Je nourrissois ma Minerve affamée
Du revenu que rendoit ma fumée;
Et ma boutique, en dépit du bon-sens,
Etoit toujours abondante en chalands.
Ce tems n'est plus; et la rime avilie
Du trône même est pour jamais bannie,
Et tout rimeur, l'encensoir à la main,
Aux pieds du prince ira mourir de faim.
Un roi si bon, de ses sujets le pere,
Toujours rejette un encens mercenaire.
Nouveau Titus, dans les yeux satisfaits
Il lira mieux l'aveu de ses bienfaits
Que dans les vers d'un louangeur à gage. »
Je le quittois, effrayé du présage;

Mais l'Ignorance alors s'en vint à moi :
« Nous reviendrons, je t'en donne ma foi ;
J'ai des amis ; et, grace à leur menée,
Tu reverras la France infortunée
Rentrer encor dans son premier chaos. »
Et me montrant un couvent, à ces mots :
« Mon fils, dit-elle, entrons dans ce saint gîte ;
Viens, avec nous, y vivre en cénobite :
Ces bonnes gens sont trop reconnoissans
Pour refuser retraite à mes enfans.
Du pain d'autrui nous y pourrons tous vivre,
Si toutefois on ne m'y vient poursuivre. »

EPITRE DE CLIO

A MONSIEUR DE B***

*Au sujet des opinions répandues depuis peu contre
la poésie.*

O TOI, jadis élevé dans mon sein,
Enfant nourri de mon lait le plus sain,
Viens, prends la plume et le style d'Horace :
Ecoute, écris, et venge le Parnasse.
Le Fanatisme, au bas de ce vallon,
Veut pervertir les enfans d'Apollon;
Et, leur prêchant un nouveau catéchisme,
Porte avec lui le scandale et le schisme :
Tâchons enfin d'arrêter les projets
De l'hérétique. Assez de nos sujets,
Comme brebis, se suivant l'une et l'autre,
Pour son bercail ont déserté le nôtre.

Aux nouveautés toujours prostitué,
Et dans l'erreur sophiste habitué,
Quand il lui plaît, sa plume hétérodoxe
En axiome érige un paradoxe ;
Sa bouche exhale un aimable poison ;
Le tort lui sert autant que la raison,
Et tout chemin le conduit à la gloire.
Ce fut ainsi qu'au temple de Mémoire
Il appella de la prescription
Dont jouissoit le chantre d'Ilion.

  Mais ce n'est plus la querelle d'Homere.
Il donne encor dans une autre chimere ;
Il va, dit-on, du faux charme des vers
Désabuser pour jamais l'univers,
Et, pour donner plus d'essor au génie,
Anéantir la rime et l'harmonie.
Tel Alexandre, étant prêt d'échouer,
Trancha le nœud qu'il ne put dénouer.

  Pour maintenir notre gloire et nos charmes,
Je n'ai besoin que de nos propres armes,
Quoique pourtant nos doux amusemens
Soient au-dessus des vains raisonnemens.

Loin tout censeur qui n'a que du génie,
A qui souvent la nature dénie
Ce sentiment qu'on ne peut définir,
Qui pour le vrai sçait d'abord prévenir.
C'est au goût seul à juger d'un ouvrage;
Par le plaisir il regle son suffrage;
Doux préjugé de l'esprit et du cœur,
De l'analyse il brave la rigueur;
Et, dédaignant les disputes de classes,
Ne reconnoit pour juges que les Graces.
　Mais rassemblons ces griefs prétendus
Que l'ignorance a chez vous répandus.
Au bas de Pinde, il est certaine engeance
Qui nous impute une fausse indigence,
Et qui se plaint que « nos folles humeurs
Ont appauvri la langue et les rimeurs;
Que l'art des vers est un jeu d'aventure,
Où le bon-sens se trouve à la torture;
L'esprit, contraint par les difficultés,
N'y jouit plus des mêmes facultés.
Tyrannisé par des loix insensées
Qui font toujours avorter ses pensées,

Il est enfin réduit à supprimer
Ce qui lui rit, sans pouvoir l'exprimer.
Le terme propre altere la mesure,
Son synonyme allonge la césure;
Par l'hiatus, cet autre est éconduit;
La rime oblige à faire un long circuit;
Pour assortir ces unissons frivoles,
Il faut noyer le sens dans les paroles,
Et les beaux vers sont enfans du hazard. »
 Ceux qui sont nés peu propres à notre art
Osent ainsi taxer, sans connoissance,
La langue et nous de leur propre impuissance.
 Ainsi, jadis, avant que sur les mers
On eût trouvé mille chemins divers,
On regardoit ces barrieres profondes
Dont l'Océan sépare les deux mondes
Comme un obstacle opposé par les dieux
Pour contenir les mortels curieux,
Et les fixer chacun dans leur patrie.
Auroit-on cru qu'une heureuse industrie,
De jour en jour, feroit des matelots?
Qu'on les verroit, triomphans sur les flots,

Assujettir Eole dans des voiles,
Et dans un cercle asservir les étoiles ?
Telle pourtant l'adresse des humains
D'un pôle à l'autre a tracé des chemins ;
Malgré les vents et les flots infideles,
Neptune a vû voguer les citadelles
Vers ces climats où Plutus jusqu'alors
Avoit caché ses funestes trésors.

Avec autant de courage et d'adresse,
On s'est frayé des routes au Permesse.
Sans remonter à la source des tems,
Le dernier siécle a des faits éclatans.
On boit encore à la même fontaine
Où s'est alors abbreuvé La Fontaine.
Comme autrefois, sur les pas des neuf Sœurs
On voit encor renaître autant de fleurs,
Et tous les jours Apollon les prodigue
Au chantre heureux du vainqueur de la Ligue.
Que cet exemple, en dépit des clameurs,
Dans leur métier rassure les rimeurs !
En leur donnant des avis salutaires,
Je leur rendrai raison de nos mysteres :

Heureuse enfin s'ils goûtent des avis
Que dans ce siécle on n'a gueres suivis !
  Notre métier demande un long usage,
Et l'on ne sort jamais d'apprentissage.
Sçachez qu'en vain un astre bienfaisant
A fait de vous un poëte en naissant,
Si dès l'enfance une heureuse culture
N'ajoûte encore aux dons de la Nature ;
Si l'on ne prend ses premières leçons
Des anciens et de leurs nourriçons :
Car cette source unique et bienfaisante
Doit abbreuver toute muse naissante.
Mais à l'excès n'allez pas vous livrer :
Il y faut boire, et non pas s'enyvrer.
Dans votre langue, avant de rien produire,
Il faut à fond chercher à vous instruire
Des mots d'usage et de leurs sens divers :
La langue est une, en prose comme en vers ;
Et la grammaire, en tout genre d'écrire,
Exerce un droit que l'on ne peut prescrire.
Les mots sont faits : leur juste expression
Ne souffre entr'eux aucune extension ;

Chacun contient son sens et son image
Précis, distincts et marqués par l'usage :
C'est votre maître, absolu dans son choix ;
D'autre que lui ne peut changer ses loix.
L'esprit en vain brille dans vos ouvrages,
Quand votre langue y reçoit des outrages ;
Ne croyez pas pouvoir vous acquitter
Par quelques traits que l'on ne peut citer
Qu'en débrouillant le texte par la glose,
Et traduisant votre pensée en prose.

    Plus d'un rimeur, dans sa langue indigent,
Pour ses défauts toujours trop indulgent,
Quand il en trouve un exemple authentique,
Croit triompher d'une injuste critique.
Vous les voyez soûrire en suffisans
A des avis donnés par le bon-sens :
Leur souvenir, au besoin trop fidele,
Me cite alors un illustre modele,
Et, s'en faisant un ridicule appui,
Se fait honneur de ce qu'on blâme en lui :
Ainsi, sans soins et sans exactitude,
De leur licence ils font une habitude.

Rien de nouveau ne se pense aujourd'hui :
Vous n'êtes plus que les échos d'autrui ;
Il est trop tard pour prétendre à la gloire
De rien apprendre aux filles de Mémoire ;
Mais dans sa langue un rimeur éprouvé,
En répétant ce qu'Horace a trouvé,
Peut enchérir encor sur son modele :
N'a-t-on pas vû son disciple fidele,
Ce satyrique ami de Juvenal [1],
D'imitateur se rendre original ?
Ainsi Racine amena sur la scene,
Après Corneille, une autre Melpomene,
Qu'il rajeunit par de nouveaux atours.
L'invention n'est plus que dans les tours.
Tout devient neuf quand on sçait bien le dire ;
L'expression est l'ame de la lyre.
Le plus beau trait, dans un vers mal rendu,
Est, pour l'auteur, presqu'autant de perdu ;
Et sa pensée appartient au poëte
Qui sçaura mieux s'en rendre l'interprete.

---

1. Boileau.

La langue enfin est la base de l'art ;
Sur le Permesse on s'embarque au hazard,
Si l'on n'en fait une étude profonde.
Joignez encor la pratique du monde ;
Là, vous prendrez ce tour noble et coulant,
Ce style pur, ce langage galant,
Qu'avec Chaulieu La Fare eut en partage,
Et dont La Faye a fait son héritage.
Heureux qui peut chez d'illustres amis
Se procurer le bonheur d'être admis !
A leurs leçons une muse attentive
Se sent toujours de ceux qu'elle cultive.
    A votre langue appliquez donc vos soins,
Elle a de quoi fournir à vos besoins ;
Tel eût trouvé qu'elle est plus étendue
S'il en eût fait une étude entendue,
Et d'un jargon étrange et précieux
N'eût pas souillé le langage des dieux.
    Ce fut ainsi que déjà l'ignorance
Pensa jadis nous chasser de la France,
Quand un pédant, le fléau du métier
Et de Marot dédaigneux héritier,

Nous fit parler un langage barbare
C'étoit Ronsard, dont la verve bisarie,
Aux mots du tems ne pouvant se borner,
Gâta la langue en la voulant orner.
C'en étoit fait si le Ciel n'eût fait naître
Un nourriçon qui devint votre maître :
Malherbe apprit à ses contemporains
A se passer de ces termes forains,
Qu'au grand regret de la pédanterie
Il renvoya chacun dans leur patrie.
Il fut suivi par Racan et Maynard :
Tous deux, instruits des finesses de l'art,
Sçurent au Pinde amener sur leurs traces
La pureté, l'élégance et les graces;
Mais il fallut bien du tems aux neuf Sœuis
Pour leur trouver deux ou trois successeurs.
On vit encor les muses florissantes
De jour en jour devenir languissantes,
Et la folie alors nous infecta
De ces sonnets que Dulot inventa [1];

---

1. Dulot, inventeur des bouts-rimés. Voyez Sarrasin.

La folle pointe, à l'antithese unie,
Prit dans les vers la place du génie,
Et le bon-sens, timide et sans appui,
Eut le destin qu'il éprouve aujourd'hui.

Rêveuse, un jour, sans suite et sans compagnes
(Il m'en souvient), j'errois dans nos campagnes;
Je m'amusois, pour charmer mes douleurs,
A me parer des immortelles fleurs
Dont le Permesse embellit nos prairies.
Je m'arrêtai sur ses rives fleuries :
L'aimable aspect de ses bords enchantés,
Son doux murmure, et ses flots argentés,
Tout rappella dans ma triste pensée
Le souvenir de sa gloire passée;
Plus vivement je sentis mes malheurs.
« Fleuve divin, dis-je en versant des pleurs,
Dans quel oubli sont tes ondes plaintives !
Le barbarisme a dépeuplé tes rives.
Jusques à quand, ô source des beaux vers,
Couleras-tu sans fruit pour l'univers ?
A peine, hélas ! Sarrasin et Voiture
Ont, en passant, goûté d'une eau si pure. »

Le Fleuve alors, agitant ses roseaux,
Fit murmurer ses prophétiques eaux,
Et s'élevant sur son urne azurée,
Je fus ainsi par ce dieu rassurée :
« Un autre goût va changer notre sort.
La terre s'ouvre, un nouveau peuple en sort ;
Toutes mes eaux auront peine à suffire ;
Et toi, remets des cordes à ta lyre. »
Il dit : l'espoir, plus prompt que les zéphirs,
Vint dans mon cœur ramener ses plaisirs.
Pour annoncer la commune allegresse,
Je fus chercher les nymphes du Permesse.

Dans un bocage, où je crus les trouver,
Un inconnu s'occupoit à rêver :
Quel souvenir réveilla ma tendresse !
Je soupirai de joye et de tristesse.
Au même endroit c'est ainsi qu'autrefois
Je rencontrai Sophocle dans ce bois ;
C'étoit lui-même ; il m'apprit son histoire.
« Pour achever ce qui manque à ma gloire,
Le Ciel, dit-il, sous ces traits que tu vois,
Me rend au monde une seconde fois,

Et, sous le nom de l'aîné des Corneilles,
J'y produirai mes plus grandes merveilles.
Va, laisse-moi recueillir mes esprits. »
Alors parut à nos regards surpris,
Dans les Etats de ma sœur Melpomene,
Ce lumineux et nouveau phénomene,
Qui, moins brillant en commençant son cours,
A l'Hélicon donna de si beaux jours.
    Cet avenir prédit par le Permesse
S'ouvrit enfin, et remplit sa promesse.
De jour en jour, nos heureuses leçons
Firent alors d'illustres nourriçons.
Un autre Auguste eut un autre Mécene,
Qui fit couler le Tibre dans la Seine.
Le barbarisme encor plus d'une fois
Voulut troubler le Parnasse françois ;
Un Aristarque, avec des bras d'Hercule,
Vint étouffer cette hydre ridicule ;
Du dieu des vers ministre souverain,
A la licence il mit un juste frein :
Notre art, soumis à l'exacte grammaire,
Comme autrefois ne fut plus arbitraire ;

Ami d'un ordre après lui mal gardé,
Il n'admit plus aucun mot hazardé,
Et, se bornant à leur sens légitime,
Prouva qu'entr'eux aucun n'est synonyme.
Le vers alors, perdant sa dureté,
Avec la forme acquit la pureté.
Pégase alloit par bonds et par secousses,
Il lui donna des allures plus douces.
Sur le Parnasse enfin il vint à bout
De réformer l'oreille avec le goût,
Et termina plus de travaux qu'Alcide.
 Lors arriva ce nouvel Euripide
Qui, sur le ton le plus mélodieux,
Sçut moduler le langage des dieux ;
Lui, dont la veine harmonieuse et pure,
Prenant son cours du sein de la nature,
Comme un ruisseau murmurant et flatteur,
Charme l'oreille et coule jusqu'au cœur.
Il vint apprendre aux muses délicates
A rejetter ces expressions plates,
Et ce concours de mots malencontreux,
Durs à l'oreille et discordans entr'eux.

Heureux qui peut sentir leurs convenances,
Et, comme lui, sauver leurs dissonances !
Il est des airs qu'on pourroit avouer,
Mais sur la lyre on ne peut les jouer.
Depuis long-tems Apollon s'étudie
A les chanter : leur fausse mélodie,
Malgré son art, détonne avec sa voix,
Et fait jurer les cordes sous ses doigts.
    Il faut encor, outre un heureux génie,
L'oreille juste et propre à l'harmonie.
Malheur à qui n'en est pas enchanté :
Le vers n'est fait que pour être chanté ;
Dans sa secrette et douce méchanique,
Il a son mode et son genre harmonique ;
Un son suffit pour faire abandonner
Ceux qu'on ne peut chanter sans détonner :
Ce que la langue articule avec peine,
En la forçant, met l'oreille à la gêne ;
L'esprit, sensible à leurs communs rapports,
Souffre aussi-tôt qu'on force leurs ressorts,
Et goûte moins ce qui pourroit lui plaire.
Flatter l'organe est le point nécessaire :

A cet appas le cœur se livre, et suit
L'impression du sens qui le séduit.
De ce talent la nature est avare :
Tel en partage eut l'esprit le plus rare,
Mais dans un vers toujours mal agencé
Il a gâté tout ce qu'il a pensé.
C'est à regret qu'Apollon vous inspire
Si vous forcez les cordes de sa lyre.

  Il fut un tems moins facile aux rimeurs,
Quand le langage, aussi dur que les mœurs,
A vos aînés ne fournissoit qu'à peine
De quoi suffire à leur rustique veine ;
Dès-lors, au Pinde en marchant à tâtons,
Ils recherchoient l'arrangement des tons.
Il en est un qui fut grévé de blâme [1]
Pour avoir dit : *comparable à ma flamme.*
Cet hémistiche, autrefois critiqué,
Sera peut-être ici revendiqué
Et soutenu par ceux que je condamne ;
Mais je ne puis rafiner leur organe.

---

1. Malherbe.

S'il m'en souvient, on a bien réclamé
Certain sonnet, fait pour être blâmé.
A ce propos, on dit qu'un jour Thalie
Fut commander des vers à la Folie.
« Çà, dit ma sœur, sous ton joyeux bonnet
Il me faudroit trouver un plein sonnet
De traits fallots, où l'antithese brille ;
Je veux sur-tout que la pointe y fourmille....
— Soit ! dans ce goût aurez sonnet exquis :
Je sçais un fat, et, qui plus est, marquis ;
Tous les matins il rime à sa toilette :
C'est là sans faute où j'en ferai l'emplette... »
Pas n'y manqua. Dans un papier roulé,
Le doux sonnet [1], bien musqué, bien moulé,
Par un Zéphir fut remis à Thalie.
« Bon ! dit ma sœur, ceci sent l'Italie ;
A nos gourmets j'en veux faire un présent.
Sçachons au vrai quel goût regne à présent :
En plein théâtre il faudra qu'on le lise. »
Certain caustique en fit bien l'analyse,

---

1. Le sonnet du *Misanthrope*.

Et le siffla; mais le sonnet trouva,
Malgré les ris, quelqu'un qui l'approuva.
  Je l'avouerai, la prose est plus unie.
« Vous triomphez, disois-je à Polymnie [1],
Tout est changé dessus notre horison ;
La prose y va ramener la raison :
L'art de rimer n'est plus qu'une manie,
Dont vous allez affranchir le génie.
— Non, reprit-elle, et leurs écrits pervers
Ne vaudront pas mieux en prose qu'en vers.
Malgré mon air aisé, doux et facile,
Ils trouveront une muse indocile,
Qui les séduit par des dehors flatteurs :
Il faut aussi m'arracher mes faveurs.
Mais parcourons les fastes de la prose.
Et quel est donc le titre qu'elle oppose ?
Contre un Horace est-il plus d'un Varron ?
En vain je cherche encore un Ciceron ;
Si j'avois pû, compte que dans Athenes
J'eusse formé bien d'autres Démosthenes.

---

1. Muse qui préside à l'éloquence.

Ce qu'ont écrit les Grecs et les Romains,
En chaque genre, est encor dans nos mains :
Qui des deux arts, jusqu'au siècle où nous sommes,
En plus grand nombre a fait de plus grands hommes ?
Rassure-toi, laisse à ces détracteurs
D'un autre ennui fatiguer leurs lecteurs,
Et ne crois pas qu'on abjure une étude
Dont le plaisir a fait une habitude,
Et que le goût, en tout tems, en tous lieux,
A fait chérir des mortels et des dieux.

« Gardez-vous bien d'affranchir vos mysteres
De la rigueur de leurs loix salutaires :
La tolérance y nuiroit encor plus.
Déjà les vers ne sont que trop déchus ;
Vous les perdrez par trop de complaisance.
L'esprit s'endort sur la foi de l'aisance.

« Quand un projet, conçu bien nettement,
Est à loisir digéré mûrement,
On est surpris de sa propre abondance :
Les vers heureux coûtent moins qu'on ne pense,
Et les sujets les font naître à leur gré.
Comme un creuset échauffé par degré,

L'esprit veut l'être avec économie.

Dans l'art des vers, comme dans la chymie,

Plus d'un artiste a souvent éprouvé

Qu'il cherchoit moins que ce qu'il a trouvé :

C'est un hazard, mais il est nécessaire,

Et d'un rimeur c'est la chance ordinaire.

Qu'ils sçachent donc, moins pressés de rimer,

D'un feu pareil se laisser animer.

Mais leur jeunesse est follement avide

D'un nom précoce et toujours peu solide ;

Au bas du Pinde ils viennent essoufflés,

Et pour jamais ils y restent sifflés.

Dis-leur de prendre une course moins vive :

Plus on se presse, et plus tard on arrive.

   « Je dirai plus : le langage des dieux

S'est de lui-même arrangé pour le mieux.

Son méchanisme, appellé tyrannie,

Plus qu'on ne pense est utile au génie :

Cette contrainte est une invention

Qui le conduit à sa perfection.

   « L'esprit veut être un peu mis à la gêne ;

C'est l'aiguillon qui le tient en haleine,

Qui, par l'obstacle irritant son ressort,
Occasionne un plus heuıeux effort,
Et lui fait prendıe un essor qui l'étonne.
C'est par effort que le salpêtre tonne ;
S'il n'est contraint, il reste sans vigueur
Et ne produit qu'une vaine vapeur :
Plus on le presse et plus on le resserre,
Mieux on lui fait imıter le tonnerre.
Ainsi l'esprit dans ses difficultés
Semble augmenter encor ses facultés ;
A son profit ıl tourne les obstacles,
Et la contrainte enfante les miracles.
Méprisez donc des projets surannés,
Que le bon-sens a déjà condamnés...»
Ainsi parla, contre sa propre cause,
Celle de nous qui préside à la prose.
C'est donc à tort qu'on blâme une rigueur
Qui maintient l'art dans toute sa vigueur,
Et qu'on réclame, avec l'indépendance,
La prétendue et nuisible abondance
De tous ces mots qu'Apollon a proscrits :
Contentez-vous de ceux qu'il a prescrits.

Vertumne, un jour, au lever de l'aurore,
Assis au pied de celle qu'il adore,
Dans ses cheveux entrelaçoit des fleurs,
Et lui juroit d'éternelles ardeurs.
La tendre amante, attentive et charmée,
S'abandonnoit au plaisir d'être aimée,
Et ses beaux yeux assuroient son vainqueur
Qu'un même amour regneroit dans son cœur.
« Ah! dit alors Vertumne à la déesse,
Voici le tems fatal à ma tendresse :
Des soins plus doux que ceux de notre amour
Vont désormais vous charmer tour à tour.
A vos jardins la saison vous rappelle
Pour leur donner une façon nouvelle;
Et je verrai, jusqu'au tems des moissons,
Vos espaliers, vos nains et vos buissons
Vous occuper, au mépris de mes larmes,
Peut-être même aux dépens de vos charmes;
Qui sçait encor (puissé-je mal prévoir!)
Si vos vergers rempliront votre espoir?
Sans leur donner sans cesse la torture,
Laissez-les croître au gré de la Nature :

Par trop de soins et par trop de façons
Vous fatiguez vos tendres nourriçons,
Et vous perdez leurs plus belles années.
A peine on voit leurs tiges couronnées
Qu'à leurs rameaux naissans et malheureux
Vous imposez un lien rigoureux ;
Bientôt un fer encore plus terrible
Dans vos vergers fait un ravage horrible,
Et l'on n'y voit que Dryades en pleurs
Sur des monceaux de feuilles et de fleurs.
— Pour me blâmer, lui répliqua Pomone,
Mon cher Vertumne, attends jusqu'à l'automne.
C'est par mon art et mes soins bienfaisans
Que j'entretiens mes arbres florissans :
De celui-ci, que ce lien redresse,
Contre les vents j'assure la foiblesse,
Et je corrige un penchant malheureux ;
J'ôte à cet autre un bois infructueux,
Où follement sa seve s'évapore ;
Cet arbrisseau, comblé des dons de Flore,
Me promet plus qu'il ne pourroit tenir,
Et de ses fleurs il faut le dégarnir.

Comment veux-tu que cet autre profite,
En lui laissant cette herbe parasite,
Et ce feuillage où l'astre qui nous luit
Ne peut mûrir et colorer son fruit?
Ainsi ma main retranche avec prudence,
Pour m'assurer encor plus d'abondance. »
　　Vains érudits, téméraires censeurs,
Qui prétendez enseigner les neuf Sœurs,
Souffrez qu'ici Pomone vous redresse,
Car c'est à vous que son discours s'adresse
　　Mais tel se plaint qu'on a mal-à-propos
Appauvri l'art de la moitié des mots,
Qui trouve encor assez de verbiage
Pour allonger un ennuyeux ouvrage ;
Et les rimeurs auroient encor besoin
Qu'on eût poussé la réforme plus loin.
Mais sous leurs yeux ils ont plus d'un modele [1]
Qui leur en donne un exemple fidele ;
Et, parmi ceux qu'on pourroit imiter,

---

1. On prétend que Quinault n'a pas employé plus
de sept ou huit cens mots differens dans ses poémes.

Il en est un qu'on ne peut trop citer,
Qui les invite à marcher sur ses traces :
Tu le connois, ce favori des Graces,
Lui dont les vers, consacrés aux Amours,
Seront les seuls qu'ils chanteront toujours.
Il avoit peu de cordes à sa lyre,
Et cependant elle a pû lui suffire
Pour exprimer tout ce qu'un tendre amour
Peut dans un cœur inspirer tour à tour.
La fiere Armide, et la tendre Angélique,
Nous a fait voir, sur la scene lyrique,
Qu'en peu de mots on peut être abondant.

D'un choix heureux l'expression dépend ;
D'un terme unique, employé dans sa place,
Elle reçoit et sa force et sa grace :
Qui la surcharge aussi-tôt la détruit.
Celui-là seul en tire tout le fruit
Qui, rejettant l'étalage et l'enflure,
Sçait la réduire à sa juste mesure ;
C'est le grand art. La vraie expression
Ne va jamais sans la précision.
L'unique objet que notre art se propose

Est d'être encor plus précis que la prose ;
Et c'est pourquoi les vers ingénieux
Sont appellés le langage des dieux.
  La période au cordeau compassée
De la mémoire est bientôt effacée ;
De mots pompeux on a beau l'enrichir,
D'un prompt oubli rien n'aide à l'affranchir :
Elle s'envole, et ne laisse après elle
Qu'un sens confus qu'à peine on se rappelle ;
Mais dans l'esprit et dans le fond du cœur
Il n'appartient qu'au vers doux et flatteur
D'insinuer ses charmes et ses graces,
Et d'y laisser les plus profondes traces :
Il s'établit au fond du souvenir
Et par lui-même il sçait s'y maintenir,
Sans s'altérer, ni sans perdre aucun terme
Du tour heureux et du sens qu'il renferme.
Ainsi l'esprit dans un vers séduisant
Peut, sans travail, s'instruire en s'amusant,
Et s'abbreuver des plus grandes maximes.
L'arrangement, la mesure et les rimes
N'empêchent pas, quoi qu'on ose avancer,

De mettre en vers tout ce qu'on peut penser.
C'est une audace aussi vaine que folle
Que de vouloir nous réduire au frivole,
Ou nous borner à des travaux légers :
Il en est peu qui nous soient étrangers.
La poësie, ainsi que la peinture,
Dans son ressort a toute la Nature.

De tous les arts qu'on cultive avec soin
En est-il un qui s'étende plus loin,
Et dont la source, aussi *sainte* et féconde,
Ait eu son cours dès l'enfance du monde ?
Ce fut alors que notre art immortel
Prit sa naissance, à l'ombre de l'autel,
Parmi les jeux, la musique et la danse,
Dont il suivit les loix et la cadence.
Les laboureurs, pour prix de leurs moissons,
Sur des autels de mousse et de gazons
N'offroient alors qu'un tribut d'allegresse :
On les voyoit, pleins d'une aimable ivresse,
Parés de fleurs, danser à demi nus,
Et seconder leurs transports ingénus
Par des chansons naturelles et vives

Qu'ils ajustoient à leurs danses naives.

Qui peut nombrer les usages divers
Où les humains ont employé les vers?
Pour rendre aux dieux un plus célebre hommage,
La piété parla notre langage,
Et nous remit le culte des autels,
Avec le soin d'instruire les mortels :
La vérité se servit des poétes,
Et la sagesse en fit ses interpretes ;
Médiateurs entre l'homme et les dieux,
Ils ont ouvert le commerce des cieux.
Ces fondateurs du temple de Mémoire
Furent commis par l'Amour et la Gloire
Pour couronner de myrthe et de laurier
L'amant fidele et le fameux guerrier.
Ignore-t-on que le fils et la mere
Ne parlent point d'autre langue à Cythere?

Ainsi naquit, chez les premiers humains,
L'art que les Grecs apprirent aux Romains,
Et qu'aux François ont transmis ces grands maîtres.
Mais le jargon de vos premiers ancêtres
Ne put suffire à nos arrangemens ;

Le vers souffrit d'étranges changemens :
Il ne trouva ni nombre ni cadence
Dans une langue encore en son enfance,
Où l'on ne put, quoi que l'on ait tenté [1],
Donner aux mots aucune quantité.
Pour suppléer au défaut d'harmonie,
Et soutenir leur marche trop unie,
Vos premiers vers ont été décorés
D'accords nouveaux, au Parnasse ignorés ;
Et l'unisson de la rime naissante
Vint ranimer leur chute languissante,
Et rehausser, par cette nouveauté,
Un art réduit à l'ingénuité,
Qu'enfin le goût, l'oreille et la pratique
De jour en jour rendirent moins gothique.
A pas réglés le vers françois marcha :
Une césure en deux le partagea
Par un repos qui varie et réveille
Une mesure uniforme à l'oreille.

---

1. On a voulu faire autrefois des vers mesurés a la
façon des Latins.

De mots entr'eux trop pleins de dureté
On adoucit la premiere âpreté ;
Long-tems encor leurs ingrates finales,
Heurtant de front des voyelles fatales,
Firent souffrir l'oreille de Phœbus.
L'élision, funeste à l'hiatus,
Vint de ce monstre affranchir l'harmonie.
Ainsi la France emprunta d'Ausonie
L'alignement et le même niveau ;
Pour se construire un Parnasse nouveau,
Tâcha de suivre à peu près son modele,
Et vint à bout d'en construire un chez elle,
Sur un terrein peut-être moins fécond,
Mais dont bientôt elle a rendu le fond
Propre à fournir aux muses étonnées
Toutes les fleurs qu'elles ont moissonnées.
Pour nous fixer dans votre continent,
Ce fut alors qu'un mortel éminent,
Ministre encor au-dessus de sa place,
L'Atlas du trône et celui du Parnasse,
Ne rougit pas d'encenser nos autels :
A notre culte il porta les mortels ;

Des doctes Sœurs, dans un nouveau lycée,
Il réunit la troupe dispersée,
Et mérita cet hommage éternel
Dont nous payons son amour paternel.
Hélas! jamais la Parque inexorable,
En enlevant un pere secourable
A des enfans qui n'ont point d'autre appui,
N'a fait verser tant de pleurs après lui.
Thémis, sensible à nos vives allarmes,
Prit son bandeau pour essuyer nos larmes,
Et nous commit son propre protecteur
Pour nous servir de pere et de tuteur.
La Parque encor nous rendit orphelines.
Enfin, ce roi qui sur les deux collines,
Par la Victoire en triomphe amené,
Fut par nos mains tant de fois couronné,
D'un nouveau faste accrut encor sa gloire,
Fit de son Louvre un temple de Mémoire,
Y rassembla tout le sacré vallon,
Et prit sa place à côté d'Apollon.

Mais je soupire en rappellant nos fastes.
Qu'un siécle à l'autre oppose de contrastes !

Et quel délire à nos regards surpris
Fait à présent fermenter les esprits !
Las du bon-sens, l'erreur et le sophisme
Les vont enfin livrer au fanatisme.

Tandis qu'ainsi j'écrivois à l'écart,
Au bas du mont, jettant l'œil au hazard,
Je vis à gauche une épaisse poussiere
Qui tout-à-coup obscurcit la lumiere ;
Un bruit confus, mêlé de cris perçans,
Jetta l'allarme et l'effroi dans mes sens.
Je rejoignis mes timides compagnes,
Qui s'enfuyoient au sommet des montagnes.
Bientôt l'écho, parcourant nos déserts,
Nous annonça l'ordre du dieu des vers ;
Et notre troupe, encore plus troublée,
Dans notre temple à l'instant rassemblée,
Vint à Phœbus offrir un foible appui.
Là, sur un trône aussi brillant que lui,
Environné par Corneille et Racine,
L'aimable dieu de la double colline
D'un doux soûris accueillit les neuf Sœurs.
Il nous donna des couronnes de fleurs.

« Venez, dit-il, compagnes de ma gloire,
Sur la chimere emporter la victoire,
Et renverser par des coups éclatans
Des Marsias érigés en Titans. »
Les yeux alors pleins du feu qui l'embrase,
Il prend sa lyre, il monte sur Pégase,
Et nous conduit au pied de nos remparts.
Que d'ennemis dans nos plaines épars !
On y voyoit une antique matrone
Sous l'attirail et l'habit d'amazone,
Et sur son front nos lauriers prophanés
Entrelaçoient ses cheveux surannés ;
De mille atours messéants à son âge
Elle étaloit le risible assemblage ;
C'étoit la Prose avec nos attributs,
Qu'on amenoit pour détrôner Phœbus,
Et sur son char attelé de modernes,
Environné d'un gros de subalternes,
Etoit l'Erreur avec la Vanité,
Qu'accompagnoit la folle Nouveauté,
Qui sous leurs pieds avec ignominie
Tenoient aux fers la Rime et l'Harmonie.

Lors, un des leurs, d'un air avantageux,
Nous apporta son cartel outrageux :
C'étoit un Drame en prose alembiquée,
Avec une Ode à ce coin fabriquée,
Dont Apollon soudain, avec mépris,
Au bas du mont fit voler les débris.
Comme un torrent qui descend des montagnes,
Tous nos guerriers, guidés par nos compagnes,
Vers l'ennemi s'ouvrirent un chemin.
Là, Melpomene, un poignard à la main,
Des yeux, du geste et d'une voix tonnante
Encourageoit sa troupe fulminante.
On vit alors deux célebres rivaux
Courir ensemble à des exploits nouveaux.
Sur leur égide, aux eaux du Styx trempée,
Pour sa devise un d'eux avoit Pompée ;
L'autre y portoit, écrit en lettres d'or,
Le nom fameux de la veuve d'Hector ;
Un autre, armé d'un stilet redoutable,
Pour les Cotins jadis inévitable,
Sur ces mutins fondit comme un lion ;
Et les auteurs de la rébellion,

Tels que brebis par les loups harcelées,
Fuyoient, tombant comme feuilles grêlées.
  Non loin de lui, sous un casque brillant,
Certain lyrique, ayant pour cri *Roland,*
Se signaloit en faveur de la Rime.
« Courage, ami, je te rends mon estime,
Lui dit alors le critique surpris ;
Ton nom sera rayé de mes écrits. »
Mais j'oubliois le premier de ma liste,
L'inimitable et divin Fabuliste,
Que la chronique et les rieurs du tems
Mirent jadis au rang des végétans :
L'homme d'Esope, inconnu de soi-même,
Enfin sortant de l'ignorance extrême
Qu'il eut toujours de sa rare valeur,
Fit aux mutins sentir, pour leur malheur,
Qu'il auroit pû, comme un nouvel Horace,
Seul contre tous défendre le Parnasse.
  La Rime avoit aussi parmi les siens
Ce successeur des comiques anciens,
Encor plus grand si dans tous ses ouvrages
Il eût osé dédaigner les suffrages

Des fats du tems qu'il falloit attirer,
Et s'il n'eût eu qu'à se faire admirer.
Regnard suivoit l'auteur du *Misanthrope*.
Ici marchoient Malherbe et Calliope ;
Ils peuvent seuls raconter leurs exploits :
Les vents, l'orage et la foudre à la fois,
Sur les mortels, par des coups si funestes
N'exercent pas les vengeances célestes.
Tels en fureur, du haut de nos remparts,
On les vit fondre, à travers les hazards,
Et sur la Prose éperdue et fuyante
Faire tonner leur lyre foudroyante.

D'autres sans nombre, aimables paresseux,
Par les Plaisirs, les Graces et les Jeux
Initiés jadis dans nos mysteres,
Dans ce grand jour, servant de volontaires,
Suivoient Chaulieu, La Fare et Pavillon ;
L'Amour menoit leur joyeux bataillon.
Pour éviter une entiere défaite,
La Prose enfin se battoit en retraite,
Et ramenoit les siens vers nos marais,
Quand tout-à-coup des escadrons tout frais

Au dépourvu prirent nos téméraires.
Ainsi, deux vents furieux et contraires,
Contre un vaisseau d'un souffle impétueux
Réunissant les flots tumultueux,
De gouffre en gouffre et d'abîme en abîme,
Vers le naufrage entraînent leur victime.
Mais, sans entrer dans des détails plus longs,
De ces rimeurs tu connois tous les noms.

Que celui-là soit réputé barbare,
Qui ne connoît l'éleve de Pindare.
Après ce chef des poétes du tems,
Suivoit cet autre encor dans son printems,
Qui, plus chargé de lauriers que d'années,
Passa l'espoir des Muses étonnées,
Et d'un chef-d'œuvre entrepris tant de fois
A décoré le Parnasse françois :
Le grand Henri n'eût pas, disoit Virgile,
Mieux rencontré dans le chantre d'Achille.

Parmi tous ceux qui voloient sur leur pas,
Il en est un qui ne leur cede pas.
Mais tu connois sa valeur poëtique.
D'un nouveau genre inventeur dramatique,

Quand il lui plaît, Melpomene en fureur
Répand l'effroi, l'épouvante et l'horreur,
Fait ruisseler le sang avec les larmes,
Dans la terreur nous fait trouver des charmes,
Que jusqu'alors les timides rimeurs
N'ont point eu l'art d'ajuster à nos mœurs.
　Ici marchoit, plein de reconnoissance,
Ce nourriçon, que, depuis sa naissance,
Le dieu des vers a pris soin de former :
Toutes mes sœurs semblent le réclamer;
Il est l'enfant de leur troupe immortelle :
Leur langage est sa langue naturelle,
Sa voix ressemble à celle d'Apollon ;
Et pour sa gloire, et celle du vallon,
S'il m'est permis de dire plus encore,
Autant que nous, Bignon l'aime et l'honore.
« Ah ! dit Thalie, est-ce toi que je vois,
Restaurateur du brodequin françois ?
Par la Nature instruit dans mes mysteres,
Nouvel auteur de nouveaux caracteres,
Qu'après Moliere on a vû moissonner
Au même champ où Regnard vint glaner.

Je l'avouerai, je le pris pour Terence.
— Oui, dit ma Sœur, c'est celui de la France. »
Parmi la troupe il s'en mêla plusieurs
Qu'on dit jadis instruits par les neuf Sœurs,
Enfans hâtifs, épuisés de jeunesse,
Qui n'en ont pas acquitté la promesse ;
Que l'on a vûs toujours dégénérer,
S'anéantir et se deshonorer ;
Et c'est entr'eux que se forgent à l'ombre
Ces noirs écrits et ces brevets sans nombre,
Où leurs fureurs exhalent à longs flots
Un fiel goûté des méchans et des sots.
De part et d'autre, alors, d'intelligence,
On courut sus et chassa cette engeance.
Le reste étoit de jeunes nourriçons
Qui sçauront mieux retenir nos leçons ;
Troupe novice, un jour plus consommée
Dans l'art des vers, et dont la Renommée,
En parcourant depuis peu nos deux monts,
A déjà pris la liste avec les noms,
Et répandu les naissantes merveilles.
Entr'autre essai de leurs premieres veilles,

De l'un d'entre eux, chéri dans une Cour
Où les beaux-arts ont fixé leur séjour,
Qu'avec plaisir, dernierement encore,
Nous relisions la fable de l'Aurore !
    Notre rivale et les siens, aux abois,
Entre deux feux exposés à la fois,
Firent encor de vaines tentatives
Pour ranimer leurs troupes fugitives.
Ce ne fut plus qu'un combat inegal,
Et qu'un carnage affreux et général,
Comme autrefois, au pied des murs de Troye,
Du fier Achille Hector devint la proye ;
Ainsi leur chef subit, à nos regards,
Le même sort autour de nos remparts.
Ainsi finit cette grande journée,
Qui décida de notre destinée,
Maintint la Rime, assura l'art des vers,
Et pour jamais remit la Prose aux fers.

COMPLIMENT AU ROI

DISCOURS DE RÉCEPTION

A L'ACADÉMIE FRANÇOISE

COMPLIMENT AU ROI

Prononcé le 17 et présenté le 20 novembre 1744

Enfin je te revois, cher et nouvel Auguste,
Que mon cœur en secret a toujours encensé...
Pardonne, en ce moment, le transport le plus juste;
Qui le sçait exciter n'en peut être offensé.
Non, l'essor que je prends ne sçauroit te déplaire;
Le moindre des mortels, sans être téméraire,
Peut laisser voir aux dieux tout ce qu'il sent pour eux.

France, tu m'applaudis; le même amour t'inspire;
Tu n'as plus qu'à jouir du sort le plus heureux;
Tu viens de recouvrer l'âme de ton empire.

Et Toi, daigne agréer l'hommage mérité
Que t'offre, par ma voix, la simple vérité.
La seule flatterie a besoin d'être ornée :
Eh ! quand nous t'offririons ses dangereux attraits,

Tu ne recevrois point la coupe empoisonnée
Que le commun des rois aime à boire à longs traits.
Fuis, malheureuse, ailleurs va porter tes prestiges,
Tu n'élevas jamais de véritable autel.

Poursuis, PRINCE, poursuis ton cours et tes prodiges :
Tel jadis commença ton ayeul immortel...
Que dis-je !... A peine entré dans la même carriere,
Quel amas de lauriers [1] ! La plus foite barriere
N'est qu'un frivole obstacle à tes premiers travaux ;
Et l'altiere cité [2] qui bravoit ton tonnerre,
Sur ses débris sanglans, sert d'exemple à la terre.
Tremblez, fiers ennemis... Vous, Amphions nouveaux,
Formez-vous désormais à l'ombre de sa gloire...
Qui peut mieux vous ouvrir le temple de Mémoire ?
Chantez, Muses, chantez ; voilà votre Apollon...

Mais, quels que soient les chants qu'elles fassent éclore,
Lis au fond de nos cœurs : tu liras plus encore
Que n'en peut exprimer tout le sacré vallon.

1. Ypres, Furnes, Menin.
2. Fribourg.

DISCOURS

PRONONCÉ PAR L'AUTEUR A L'ACADÉMIE FRANÇOISE
LE JOUR DE SA RÉCEPTION [1]

MESSIEURS,

Pour vous témoigner combien je suis pénétré de vos bontés, il faudroit que j'eusse le talent que joignoit à tant d'autres vertus l'illustre académicien à qui j'ai l'honneur de succéder. C'est en ce moment que j'aurois besoin de cette éloquence aimable et naturelle qui le rendit toujours si cher à tous ceux que la nécessité ou leur bonheur faisoient approcher de lui. Quel charme étoit répandu dans ses moindres discours ! Qui possédoit mieux cette facilité de s'exprimer, ces tours aussi precis que nobles et conve-

---

1. M. de La Chaussée ayant été élu par Messieurs de l'Académie françoise, à la place de feu M. Portail, il y prit séance le lundi 25 juin 1736.

14

nables, en un mot, cette science qui fait l'objet de vos travaux ?

Vous sçavez, Messieurs, quel usage M. Portail a toujours fait du don de la parole. Heureux les ministres de Thémis à qui l'on n'a point à reprocher d'en avoir abusé ; qui, au contraire, ne l'ont jamais employé que pour faire pencher la balance du côté de l'innocence opprimée !

Tel étoit ce digne chef du premier tribunal du royaume : c'est là qu'on l'a vû exercer, avec autant d'éclat que d'intégrité, un art si nécessaire à ceux qui, pour le bien de leur patrie, sont chargés des intérêts publics.

L'humanité est ordinairement le fruit que l'on retire de la culture des lettres ; elle étoit le partage de ce grand magistrat : ainsi les veuves et les orphelins trouvoient toujours en lui une main prête à essuyer leurs larmes et à rassurer leur fortune ; ainsi le Prince avoit en lui un organe fidele, qui, en toute circonstance, sçavoit concilier la majesté d'un maître et la bonté d'un pere.

Mais, Messieurs, où m'emporte un regret que mes expressions ne peuvent rendre aussi sensible que je voudrois ? Quelles fleurs ai-je à jeter sur son tombeau ? Est-ce à moi d'entreprendre un éloge qui se trouve gravé dans le fond de vos cœurs? Non, MESSIEURS, avant que d'élever ma voix, je dois long-tems vous écouter; c'est pour apprendre à m'énoncer, c'est pour être instruit par les maîtres de l'art, que j'ai recherché avec tant d'ardeur le bonheur de vous appartenir. Vous avez eu moins d'égard à ma témérité qu'à mes besoins. Quel sujet d'émulation! Quel sujet d'esperance pour tous ceux qui s'élevent dans le sein des Muses! Ils ne voyent plus de si loin cet heureux avenir que vous avez daigné rapprocher de moi. Que dis-je! Ils participent tous aux graces que je reçois, et partagent avec moi mon bonheur et ma reconnoissance.

En effet, MESSIEURS, qui ne seroit flatté d'être à la source des lumieres et des dons de l'esprit, d'apprendre de vous-mêmes une langue qui rassemble toutes les richesses des autres, et qui sera immortelle comme vous? Que pouvois-je désirer de plus doux et de plus avantageux que d'être associé à des sages qui renouvellent entr'eux l'union et les merveilles de l'âge d'or, et qui s'enrichissent mutuellement de tout ce qu'ils ont acquis de plus rare et de plus précieux? Dans quel partage avez-vous daigné m'admettre! Quel bonheur me transporte! Mes esprits, trop contraints, rompent le frein que je leur avois imposé; le génie

*qui préside aux miracles que je vois m'entraîne au
delà de moi-même, et me force à parler ce langage
divin...*

Pardonnez cet essor : en quel tems, en quels lieux,
Puis-je mieux employer le langage des dieux ?
France, quel changement rappelle ton enfance ?
Tes fastes confondus, écrits par l'ignorance,
Dans un oubli profond seroient ensevelis ;
A peine on connoîtroit la naissance des lys ;
Tes peuples, en tout tems, étoient faits pour la gloire ;
Mais ils ignoroient l'art d'assurer leur mémoire.
Ils avoient des héros qu'ils ne pouvoient vanter,
Ils faisoient des exploits qu'ils ne pouvoient chanter.
A peine ils jouissoient des dons de la Nature ;
Leur langage, indigent, sauvage, sans culture,
Aux besoins de la vie étoit presque borné,
Et leur esprit alors n'étoit pas plus orné.
La même aridité leur est toujours commune,
La langue et le génie ont la même fortune.
Quels progrès mutuels ont-ils faits à la fois ?
Espéroit-on de voir un Parnasse françois ?

    Comme un ruisseau naissant languit près de sa source,
Sans trop s'en éloigner, il commence sa course ;
A peine il peut couler : on diroit que ses eaux

Ne serviront jamais qu'à nourrir des roseaux.
Cependant il s'accroît, il peut suivre sa pente ;
Au travers de la plaine on le voit qui serpente ;
On l'entend murmurer, et son cours s'embellit ;
Il élargit sa rive, il reçoit dans son lit
Des sources, des ruisseaux, des torrens, des rivieres :
C'est un fleuve ; il parcourt des nations entieres ;
Il porte l'abondance à cent peuples divers,
Et du bruit de son nom il remplit l'univers.
Du langage françois telle fut la naissance,
Et tels sont devenus son cours et sa puissance.
Ministre souverain du plus juste des rois,
ARMAND, vois ton ouvrage, et reconnois ma voix ;
Applaudis, comme nous, à ton heureux génie.
Nous remplaçons enfin la Grece et l'Ausonie ;
Ta langue est triomphante ; apprends tous les succès
Dont tu n'as pû goûter que les premiers essais.
Chérie également des Muses et des Graces,
Elle a tous les trésors des deux autres Parnasses.
France, tu peux enfin célébrer à la fois
Ton bonheur, tes plaisirs, tes trésors et tes rois.
Rien ne manque à tes vœux ; tu sçais l'art plein de charmes
D'employer la parole, et de vaincre sans armes.
Tu fais aimer ta langue à cent peuples soumis ;
Tu la fais adopter même à tes ennemis.

L'oserions-nous encore accuser d'indigence ?
Ranimons-nous ; honteux de notre négligence,
Daignons la cultiver, donnons-lui tous nos soins ;
Son abondance ira plus loin que nos besoins.
Oui, lorsque l'on en fait une étude profonde,
L'esprit le plus fécond la trouve aussi féconde.
Eh quoi ! n'a-t-elle pas remis entre nos mains
Les richesses des Grecs et celles des Romains ?
De leurs divins écrits interpretes fideles,
Si nous avons peut-être égalé nos modeles,
Dans le monde sçavant s'il ne s'est rien produit
Sans être en notre langue heureusement traduit,
Elle peut donc suffire, et la plainte est injuste.
Rappelons-nous les tems de ce nouvel Auguste,
Dont ARMAND et SÉGUIER furent les précurseurs.
Quels prodiges nouveaux n'ont pas vû les neuf Sœurs ?
Héros qui fus si cher aux filles de Mémoire,
Ne crains pas que jamais on doute de ta gloire ;
L'avenir, comme nous, croira tes actions ;
Il n'a qu'à parcourir tant de productions,
Tant d'ouvrages divers que ton regne a fait naître :
La gloire des sujets prouve celle du maître.

Peut-être croiroit-on que nos prédécesseurs,
Favorisés du Ciel, doués par les neuf Sœurs,

Ne doivent leur succès qu'à leur heureux génie :
Se seroient-ils acquis une gloire infinie
S'ils n'avoient sçu, d'ailleurs, amasser un trésor
Capable de fournir à leur brillant essor?
Leur langue fut l'objet de leur plus chere étude ;
Ils avoient avec elle une longue habitude ;
Ils n'oserent écrire, ils n'oserent penser,
Avant que d'être instruits dans l'art de s'énoncer.
Eh ! que sert une idée à qui ne peut la rendre,
Si, telle qu'on la sent, on ne la fait comprendre ?
L'ame de la pensée est dans l'expression ;
Sans elle, on ne peut faire aucune impression ;
Sans elle, ce n'est plus qu'une fausse peinture,
Qui dégrade à la fois le peintre et la Nature.
Exprimez-vous, ou bien cessez d'imaginer ;
Parlez ; je veux entendre, et non pas deviner.
Pour démêler l'objet que l'on me défigure,
Faut-il que mon esprit se donne la torture ?
Il aime que d'abord on sçache le saisir,
Et que nul embarras ne trouble son plaisir.
L'expression fait plus ; elle fait la fortune
D'une pensée, au fond, ordinaire et commune :
Souvent un mot suffit. C'est donc mal-à-propos
Qu'on ose mépriser la science des mots.
Que dis-je ! Est-ce pour l'homme une étude frivole,

Que celle d'où dépend le don de la parole ?

    Tel étoit le présent qu'ARMAND nous avoit fait.
Ce génie éminent n'étoit point satisfait
Si la langue, après lui, restoit mal assurée :
Il falloit garantir sa gloire et sa durée.
La langue est moins facile à fixer qu'à former.
Combien de novateurs qu'on ne peut réprimer !
Ils regardent ses lois comme une tyrannie,
Et réclament toujours en faveur du génie.
La licence bientôt s'arme d'un front d'airain ;
Chacun, libre du joug, s'érige en souverain.
Le moindre citoyen de la double colline
Ne veut plus reconnoître aucune discipline ;
Il subjugue, il corrompt le goût des ignorans,
Qui se font un honneur d'imiter leurs tyrans.
Ainsi, par des revers aussi prompts que bizarres,
Les Romains étonnés se trouverent Barbares.
Ne soyons point surpris d'un désastre aussi prompt ;
Il devoit arriver. La langue se corrompt
Lorsqu'à l'indépendance elle est abandonnée ;
Elle a toujours besoin d'être subordonnée.
Quand elle est parvenue à sa maturité,
Il faut des surveillans, dont la sévérité
Etouffe des abus toujours prêts à renaître ;

Il faut des défenseurs qui soient dignes de l'être,
Et que leur propre gloire intéresse toujours
A fixer à jamais sa richesse et son cours.

On choisit autrefois les vierges les plus pures
Pour mettre dans des mains aussi sages que sûres
Le céleste garant de la prospérité
D'un peuple, dont enfin nous avons hérité.
Ce fut sur leur exemple, et d'après ce modèle,
Qu'ARMAND sçut établir un culte plus fidèle;
Aux plus chers favoris qu'Apollon eût alors
Il confia sa langue avec tous ses trésors.
Il en fit un dépôt à jamais mémorable.
Une succession toujours inaltérable,
Attentive à sa gloire, en fait la sûreté;
Rien n'en pourra jamais souiller la pureté.
Déjà nous célébrons vos fêtes séculaires [1].
Depuis que vous tenez les rênes littéraires,
Vingt lustres sont rentrés dans l'abîme des tems,
Sans qu'on ait vu ternir vos fastes éclatans;
L'avenir coulera sous les mêmes auspices :
Vous ne pouvez avoir que des destins propices.

---

1. L'Académie a été fondee en 1635.

Non, les dispensateurs de l'immortalité
N'ont point à redouter cette fatalité
Qui s'exerce, à son gré, sur tout ce qui respire.
La prudence elle-même a fondé votre empire.
L'esprit qui vous unit, la même autorité,
Y maintiendront en paix votre postérité.
C'est un germe éternel, qui produira sans cesse ;
Vous renaîtrez toujours, enfans de la sagesse :
La gloire s'intéresse à soutenir vos droits.
Vous serez protégés tant qu'il sera des rois.
Tel est votre destin : vous en avez des marques.
Illustre rejeton du plus grand des monarques,
Objet de notre amour, digne présent des dieux,
Toi qu'on n'a pas besoin de nommer en ces lieux,
Toi qui fais de nos cœurs les plus belles conquêtes,
Tu n'as pas dédaigné d'assister à nos fêtes [1].
Qu'Apollon fut touché de l'honneur éternel
Qu'ont reçu les neuf Sœurs en ce jour solennel !
Qu'il fut charmé de voir leur maître, au milieu d'elles,
Entendre avec plaisir leurs chansons immortelles !
C'est un goût qu'il a joint à l'amour de la paix :
Minerve l'a rendu sensible à ses attraits ;
Élevé dans son sein, dès sa plus tendre enfance,

1. Le roi honora l'Académie, de sa présence, en 1719.

Son disciple a rempli sa plus chère espérance.
Il l'aime; elle est son guide et son plus sûr appui;
Et, pour comble de biens, elle règne avec lui.

O vous, modérateurs du temple de Mémoire,
Ministres attachés aux autels de la Gloire,
Jouissez de vos droits, et portez jusqu'aux cieux
Les titres éclatans d'un rang si glorieux !
Quelle place plus noble et plus digne d'envie,
Quel emploi pourroit mieux illustrer votre vie ?
Qu'ici l'adoption a des charmes flatteurs !
C'est l'éloge éternel de l'esprit et des mœurs.

Pour moi, puissé-je en tout imiter mes modèles
Et me former au son de vos voix immortelles !
Vous prenez un élève; il sera trop heureux
S'il peut justifier un choix si généreux.

TABLE

Imprimé par D. JOUAUST

POUR LA COLLECTION

DES CHEFS-D'ŒUVRE INCONNUS

JUILLET 1880

LES CHEFS-D'ŒUVRE INCONNUS

PUBLIÉS PAR LE BIBLIOPHILE JACOB

Sous le titre de *Chefs-d'œuvre inconnus*, nous réunissons non seulement certaines œuvres, presque ignorées, de nos grands écrivains, mais encore des productions remarquables qui n'ont vu le jour que pour tomber immédiatement dans l'oubli, entraînant avec elles jusqu'aux noms de leurs auteurs. Nous avons voulu les présenter aux amateurs sous une forme élégante qui les vengeât de l'injuste abandon où elles étaient tombées, et au charme d'une impression de luxe nous avons joint l'attrait de gravures dues à l'un des artistes les plus favorisés du jour.

EN VENTE

Prix doubles pour le pap. de Chine et le pap. Whatman.

SOUS PRESSE

Anecdotes littéraires, de l'abbé de Voisenon.

Juillet 1880.

Imp. Jouaust

www.ingramcontent.com/pod-product-compliance
Ingram Content Group UK Ltd.
Pitfield, Milton Keynes, MK11 3LW, UK
UKHW020647120726
13658UKWH00006B/682